美麗人生的22種寶典

杏林子 著

目錄

第二輯

第三輯

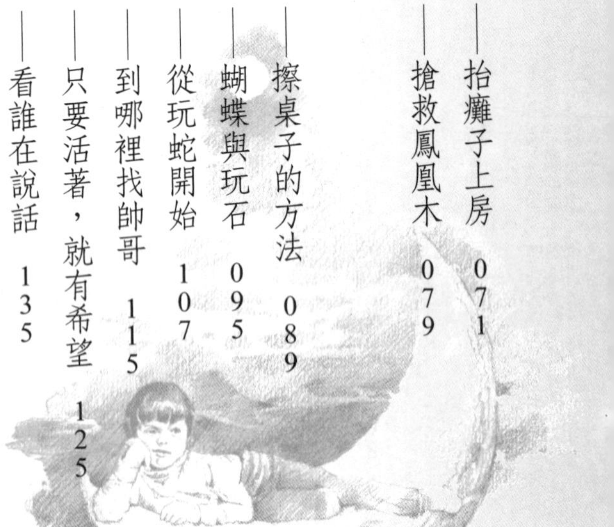

目錄

青春是這樣的好（初版序言）

二十五年前的春天，有三位年輕人結夥搶劫，在當時結夥搶劫是唯一死刑，在那個民風尚算樸實的年代，這件搶案震動整個社會。

在執行槍決前夕，周聯華牧師特地到獄中探視他們，見到三位青春正茂、一臉猶帶稚氣的大孩子，不禁傷心落淚。他認爲自己是一個傳道人，對匡正社會風氣、引人向善有著不可逃避的責任，如今這幾位原本前途無可限量的年輕人，卻因爲一時糊塗，把自己送上死亡之路，他爲自己的失職深深自責。

因此，他決定爲年輕人舉辦一次佈道大會，許多教會的牧師、弟兄姊妹也熱烈響應。這次佈道會的主題是由作家張曉風女士擬定的「青春是這樣的好」。

當天除了周牧師的講道外，還有我的見證以及視障聲樂家胡沐影演唱的「神看顧麻雀」。中華體育館上萬個座位坐滿了人，眾口一心的爲年輕人的靈魂禱告，祈求上帝保守他們在青春的歲月仍能享受青春的美好，不致成爲失落的一代，許多人都忍不住哭了。

時間如飛一般，二十五年的歲月，足以讓一個嬰兒長成大人，一株樹苗綠蔭蔽天，隨著經濟的發展，社會一片欣欣向榮，然而隱藏在繁華盛景之後的又是什麼呢？

在今天，搶劫已經不再是什麼新鮮事，每天打開報紙電視，總有幾樁兇殺、強暴、綁架的新聞，看多心也麻木，還有幾人會爲他們傷慟流淚呢？

青春是這樣的好。青春原本是一個人生命中最璀璨、最美麗，充滿了生命的活力、理想與憧憬的歲月，只是我也發現越來越多人的青春似乎並不怎麼好。

許多年輕人沉淪在血腥與暴力中；許多年輕人迷失在大麻、搖頭丸、性開放、網路愛情等等感官的刺激與追逐中。「活在當下」對他們而言不過是今朝有酒今朝醉。

無力反抗社會、又無能隨波逐流的孩子採取了另一種激烈的方式，以自戕逃避生命不能承受之重。

每次看到這種新聞，我就特別心疼，一朵花來不及開放就萎謝，一枚果實來不及成熟就凋落，他們根本還未享受到生命的芬芳與甜美，怎敢斷然否定，如此絕情，當眞讓人驚愕不已。只是，他們對生命到底了解多少呢？

即便是我，也是不敢。我的青春期沒有任何亮麗的色彩，有的只是一次又一次的病房進出，關節無止盡的疼痛，不是沒有衝動的念頭，終究是不捨，終究是不忍，在尚未窺探生命的全貌之前，我怎甘心棄之而去？

生命未必全是負數，某些時候負負也可以得正。生命本身的豐富變化、曲折起伏以及無限的可能正是令我著迷的地方。我把自己當成一個實驗品，想要看看這個有限的個體中能發揮到怎樣的極致，人對痛苦的負載量，人對壓力的承受度，人在困境中展現的韌性與潛能又是多少……說是實驗，不如說是一場興致盎然的遊戲。

即使已過青春期，我仍然覺得生命清新可喜，活著，於我是這樣的好。

然而，身爲年輕人的你，又是如何解讀呢？

很多人說，今天的年輕人被過分驕縱，好逸惡勞，急功近利，缺乏責任感，抗壓性低……其實，年輕人自己也充滿了困惑矛盾，他們想要的很多，又不確定眞正要的是什麼。

羨慕網路新貴的一夜致富，卻也肯定「乞丐囝仔」的苦學勵志；對海枯石爛的誓言嗤之以鼻，卻又為「人間四月天」雋永的愛瘋狂，渴慕永恆不變的真情。

反抗威權，討厭加諸在身上一切的教條、法規、制度。年輕人說得好，我們要自由，而自由又是什麼呢？是從心所欲嗎？是隨波逐流嗎？在這個混亂、複雜多變的世代，有沒有一個可以讓他們依循的標的？

與其責備，倒不如反躬自省，我們提供了年輕人怎樣的生存環境？怎樣的價值觀？政府官員的貪贓枉法，國會廟堂的黑金氾濫，商場的爾虞我詐，周遭環境的色慾橫流……老實說，我無力和整個大環境抗衡，也無法扭轉種種荒誕悖謬的樣貌，我關心的是年輕人，至少年輕的心尚未受到太多的污染，因為年輕，仍有可塑的空間。

這本書就是單單為你——所有正在成長或是已經成長的年輕人而寫。

我想說的是，不論你處在怎樣一個多變的世界，經歷怎樣的人生，生命中還是有一些極其可貴的珍寶，需要我們終身護守、珍惜，不容它輕易失去。

我把它規畫成二十二種，稱之為「人生寶典」。第一輯是說人基本應具備的美德，特別是在與他人的互動上。第二輯強調的是人格特質與修養。第三輯則是面對生命不同層面的自處之道。

人生的寶典未必只限於這些，沒關係，你也可以按照自己的看法和體會增添一二。

我不太願意用說教的方式，沒有人喜歡八股，包括我自己。這兩年特別爲這本書收集了許多資料，希望用說故事的方法、現成的實例呈現每一個主題。請原諒我文澀筆拙，許多地方未盡其意，畢竟，人生的課題太大，非我一枝禿筆概括周全。

書中十幾幅插畫是由年輕畫家閒雲野鶴所繪，我總喜歡在自己的書裡放些畫作，爲的是眼睛讀累了文字時，可以有一片憩息的風景。

杏林子

二〇〇〇年十一月
於花園新城

第1輯

心如精金

一則《中國時報》的社會新聞引起了我的注意和興趣。

去年六月十一日下午，清華大學應屆畢業生蔡億蒼騎著摩托車前往新竹市區時，不幸被一輛大卡車撞到，當場一根鐵桿插入他的腹部，造成骨盆骨折，以及腹腔嚴重受創，前後歷經兩次全身大換血，四次手術，方始將他從鬼門關搶回一命。

由於這次意外車禍，使得他來不及參加畢業考及畢業典禮。系裡的老師不忍心他留下一份遺憾，以他過去優異的成績表現，加以他已考上陽明醫學院的研究所爲由，全體同意以評鑑方式，讓他取得畢業資格。

學校此舉對他的意義甚大。住院期間，當他在生死邊緣掙扎，飽受病痛折磨，全靠掛在牆上的畢業證書激勵鬥志，一天天康復。

醫院的治療告一段落後，就在他返回南部家中休養復健的前夕，他的同學們決定給他一個驚喜。

他們特地向校長劉炯朗情商，希望學校能爲蔡億蒼舉辦一次個人畢業典禮，校長也從善如流，欣然同意。

就在八月六日這天，於清華大學藝術中心，穿著學士服的蔡億蒼坐在輪椅上，在家人、師長、同學的陪伴下，完成了清大建校以來人數最少、也最溫馨感人的畢業典禮。

最絕的是同學送他的畢業禮物，竟然是一幅瑪麗蓮夢露的性感照片，要他多看看美女，想必更能激起他的生機吧！

遭逢橫逆，瀕臨生死邊緣，留下身體殘傷，固然是人生大不幸，可是在大不幸中，也讓我們看到人間難得的師生情誼，對蔡億蒼而言，恐怕也是他生命中永遠不滅的亮光，心頭的溫暖！

認識嚴長壽先生很久了。

伊甸創辦的第二年，他就曾在亞都飯店舉辦過一次聖誕餐會，邀請許多企業家參與，共同為伊甸募款。

嚴先生不但經營餐飲業十分成功，對於提升餐飲文化的努力更是有目共睹。雖然平日工作異常忙碌，但他心細如髮，隨時留意員工的需要，即便是陌生人也不拒絕。

去年，有對素昧平生的年輕夫婦寫信給他。他們夫婦在台北龍江路開了一家小麵館，只是生意一直不好，眼看著就要關門大吉，血本無歸，正好讀到嚴先生的自傳《總裁獅子心》，對於嚴先生的生命歷程與經歷理念十分感佩，在走投無路之餘，冒昧的向他求助。

他們知道嚴先生是大人物，加以又剛接圓山飯店的總經理，想來一定沒有時間處理這種小事，所以也不曾抱太大希望。

出乎意料之外，嚴先生收到這封信後，立刻派遣亞都飯店的行政主廚邱平與師傅親自到他們的店裡了解現況。

邱師傅經驗豐富，一眼就發現問題的癥結所在，於是幫他們重新規畫設計，從餐巾、桌布的式樣顏色，到菜色的口味不厭其詳的一一指導，甚至陪他們到鶯歌挑選合適的餐具，不足的經費也由亞都暫行代墊。這期間，不但邱師傅一趟趟往店裡跑，嚴先生也不時殷殷垂詢，直到麵店的營運上了軌道。

這件事若不是被記者蔣艷蓉小姐報導出來，恐怕很少有人想到即使威嚴如「獅子」，也有他如許溫柔的一面吧！

不管你喜不喜歡文學，凡是中國人，很少有人不知道《紅樓夢》，以及《紅樓夢》的作者曹雪芹。

曹雪芹出生江寧織造，從小看多了官宦人家的驕奢淫逸，榮華富貴；家產被抄之後，也看盡了世態炎涼，人情冷暖。這樣的大起大落，造就了這位不世出的大文學家，並且因而衍生出許多紅學學者，以他的身世和《紅樓夢》的版本做爲研究考據的對象。

我一直單純以爲曹雪芹是位詩詞書畫樣樣精通的才子，只因不懂得經營生活，一生靠鬻字餬口，最後貧病而死。最近讀到一篇《漢聲雜誌》介紹《南鷂北鳶考工志》的文章，才知道他對空氣流體力學也頗有研究，更是位了不起的工藝家。

《南鷂北鳶考工志》這本工具書源起於曹雪芹一位患有殘疾的朋友于景廉。于景廉生養衆多，食口繁重，平日家計困難，以賣畫爲業。

有一年，年關將至，于景廉眼看著無米下鍋，孩子們飢餓難忍，不得不求助老友。曹雪芹知道京城的一些公子哥兒們喜歡玩風箏，常一擲數十金毫不吝惜，特別拿出他製作風箏的本領趕製了幾個，交給老友應急。風箏製作得精巧，果然賣了個好價錢，于景廉一家也豐豐富富過了個好年。

因著這件事，曹雪芹從而想到還有其他殘疾朋友，多有相同遭遇，於是把他設計的幾十幅風箏繪爲圖譜，就是這本《南鷂北鳶考工志》。爲的是讓這些朋友可以依圖製作，不需仰仗他人，也能自養自足。（註一）

這個故事讓我感動的是曹雪芹同樣是家徒四壁，無隔宿之糧。聽說每次都是債主等在門口，他匆匆寫完一章拿去抵債。然而，貧窮未奪其志，未傷其品，亦未失去那顆可貴的仁愛之心。

我極喜愛智者所羅門王的一段話：「你要保守你的心，勝過保守一切，因爲人一生的果效是由心發出。」上帝在創造之初，賜給每人一顆尊貴如黃金般的心，只可惜有太多的人在成長的過程中，因著「世俗的誘惑，眼目的情慾，今生的驕傲」，逐漸失去了它，以致目光短淺，心胸狹窄，到最後只看到自己的需要，只關心自己。

藉著幾段小小的故事提醒年輕朋友，你要好好保守你們的心呀！不要受到時間或環境改變的影響，讓它僵硬麻木，漸漸老去。

註　資料參考陳文芬著〈曹雪芹紮燕風箏圖譜、考工志問世〉一文，《中國時報》。

魚翅與粉絲

有一件事，事隔三十年，回想起來，仍不免讓我自責。

那年，雙腿剛動完手術，恢復行走自如的能力，禁錮的世界爲之一開。猶如長了翅膀的鳥兒，只想往更寬廣的天地飛去。第一件事便是去「美爾頓補習班」學英文。我念的是上午班，同學大都是家庭主婦或聯考失學的年輕人，沒有匆忙的時間壓迫感，相處起來就多了一份從容，同學和同學、甚至和老師之間都感情融洽。

那年春節，教我們正音的老師新婚。同學便相約在一個周末的下午到老師的新家玩。老師看見我們，意外而高興，又是糖果又是茶水的招待我們，還把他羞澀的新娘硬從內屋裡拉出來和大家見面。

鬧了一個下午，眼看著晚餐的時間到了，同學們識相的紛紛告辭。他們有的搭公車回家，有的原本就是騎著腳踏車來的，只有我，不耐遠行，同學幫我叫了輛三輪車。

三輪車夫是位大約十六、七歲的少年，瘦弱矮小的身子，嘴上一圈細細的絨毛，連鬍子都還未長出。儘管我的體位不重，可是看他踩起車來還是蠻吃力的樣子。

很自然的，我們邊走邊攀談。知道他是從南部來的鄉下孩子，家裡種田，小孩又多，初中畢業就未再升學，聽說台北工作機會多，總想找個事貼補家用，沒想到台北競爭激烈，以他的條件除了賣勞力也別無他路可走，跟人租了輛三輪車，開始踩車也才不過半個月。

老師住家附近的巷子很多，彎彎曲曲，從小路盲的我一上車就傻了眼，那些巷子看來大同小異，同學又走的一個不剩，偏偏這位少年車夫初來台北，人生地不熟，怎麼繞都繞不出去，要他去問路，大概是膽小害羞，死也不肯。

眼看著天色越來越暗，我的心暗暗焦灼，不知是餓了，累了，或是擔心母親在家操心，總之，我忽然不耐煩起來，一句話衝口而出：

「你連路都不認得，拉什麼車？」

話一出口我就後悔了，心裡彷彿有一個聲音狠狠責備我：「你怎麼可以這樣講話？這樣沒有體恤的心！」

的確，這個少年孩子已經累得汗流浹背，背脊的骨頭因用力而隆起，喘息聲隱隱可聞，可是我竟然視而不見，只想到自己，什麼時候我變得如此刻薄？

我只想早點回到自己溫暖的家，忘記了這個大孩子離鄉背井，心中有多少酸楚淒惶，他孤單嗎？他想家嗎？自私可鄙的台北人啊！

隨後，不論我再怎麼找他講話，他都沉默以對，一張嘴緊緊地抿住，我知道我已深深傷害了一顆脆弱敏感的心靈，而且可能留下永遠的傷痕。

我不認爲自己是一時衝動，而是潛意識中的優越感作祟，我平日的和善都是虛有其表，只有眞正遇到試探時，那個敗壞的「老我」就原形畢露了。

這件事給我很深的警惕，耶穌提醒我們要「愛人如己」，這樣的功課雖然難學，但若心中常存念他人，就不會單顧自己了。

有時候，人爲逞一時口舌之快，傷人而不自知。

我的有聲書《生命之歌》錄完後，由於這套書製作得十分辛苦，出版社社長特別在晶華飯店擺了桌酒席，犒賞三軍。席間有幾位視障朋友。

當天的酒席非常豐富精緻，其中有一道燴魚翅。一位深度弱視的朋友辨識了半天，疑惑地問：

「這是什麼東西呀？」接著，他嚐了一口，恍然說：「啊，是粉絲啊！」

大家忍不住笑起來，沒想到同座一位女士竟然對主人說：「你今天眞是白花錢了，請了我們這些人『烏龜吃大麥』，把魚翅當成粉絲了！」

所有的人當場愣住。我相信這位女士並沒有什麼特別惡意，她只是心直口快，或許也只是想表現一下自己吧！她不了解一位視障者對外界事物的感觀全靠聽覺、觸覺和嗅覺。魚翅和粉絲同樣細細長長、軟軟滑滑，吃在嘴裡，的確沒啥差別。更何況，魚翅本身無味，全靠其他佐料入味，調理不好，眞還不如一碗牛肉湯細粉來的好吃呢！

雖是一句玩笑話，可是在這樣的場合，出自一位明眼人的口中，就分外聽來刺耳。好在那幾位視障朋友很快恢復自然，談笑自若，不知類似的話是否從小聽多了，已有足夠的免疫力？

只有我如坐針氈，食不知味，直到終場。

九二一大地震造成台灣中部極大的災害，就連台北市也有一棟十二層樓的東星大樓倒塌，死傷慘重。由於最下面的幾層全部擠壓在一起，好似派餅一般，挖掘非常困難。等在外面的家屬焦灼如油鍋煎熬，隨著時間一天天過去，受困的住戶生還的機率越來越渺茫，連國外的救援隊都放棄撤走。

沒想到就在第六天，大家幾乎不再抱什麼希望時，一對年輕兄弟奇蹟似的從廢墟中自己爬了出來，救援的人員、家屬以及四周圍觀的民衆爆起如雷的掌聲，爲他們死裡逃生歡喜慶賀！

可想而知，他們的父母是如何欣喜若狂。尤其那位媽媽高興得幾乎語無倫次，滔滔不絕的述說他們是如何祖上積德，平日多做善事才蒙上天庇佑。她說了一遍又一遍，越說越興奮，在那一刻，坐在電視機前看新聞的我，眞希望有人上前摀住她的嘴巴，因爲我淸楚的看見四周其他受害人家屬臉上的難堪和悲戚的神色。

災難發生，難免有幸與不幸，這跟好人壞人，做不做善事無關。做媽媽的高興得忘形，卻不知說者無心，聽者句句都是刺激，在面對親屬生死未卜的當口，雪上加霜，眞是情何以堪！

我在想，如果當時她能多少顧及其他家屬的心情，稍稍收斂一下，甚至在慶幸自己的孩子脫險之餘，也能主動安慰其他的家屬，爲他們打氣，那該多好！

將心比心，設身處地多爲他人著想，這是著名的全壘打王王貞治從他哥哥身上學到的功課。

王貞治是旅日第二代華僑，從小體格壯碩，喜愛棒球。而他似乎也眞有打棒球的天賦，從少年時期一直打到退休，在他一生職棒生涯中，創下八六八支全壘打的世界紀錄，至今無人打破。

在記者劉屏先生的一篇短文中提到，別人擊出全壘打，一定高舉雙手，以一種英雄式的姿態奔回本壘，而王貞治總是低著頭，非常「低姿態」的跑壘，鮮少有狂喜的表情，也從不高舉雙手露出勝利者的驕傲，因爲他一直謹記兄長王鐵城先生的教誨：

「要想想投手的心情，被擊出全壘打已經夠懊惱了，何苦再刺傷別人？」

王貞治做人的謙恭和他的球技一樣知名，爲人所津津樂道，這也是他成功的原因之一吧！

不在別人落魄失意時得意張狂；不在別人哀傷痛苦時跳舞唱歌；不在別人失敗跌

倒時誇耀自己的成功勝利。「與喜樂的人要同樂，與哀哭的人要同哭」，正是這樣一份細膩體恤的心啊！

洗馬桶的總經理

有次伊甸邀請前麥當勞總經理韓定國先生到會裡演講，他說了一個關於他自己的小故事。

七〇年代初期，美國麥當勞總公司看好台灣市場，打算正式進軍國內。他們需要先培訓一批高級幹部，故公開招考甄選。由於要求的標準頗高，許多有志的青年企業家都未通過。

經過一再篩選，韓定國脫穎而出。麥當勞的總裁先後和他們夫妻談了三次，並且問了他一個出人意料的問題：

「如果我們要你先去洗廁所，你會願意嗎？」

那時韓定國在企業界已經小有地位，要他洗廁所，豈不太侮辱人了嗎？正在沉思時，一旁的韓太太幽默地回答：

「我們家的廁所一向都是他洗的！」

後來他才知道，麥當勞訓練員工的第一個課題就是先從洗廁所開始，因爲服務業的基本理念是「非以役人，乃役於人」，只有先從最卑微的工作開始學習，才有可能了解「以客爲尊」的道理。

喜歡洗馬桶的還不只韓定國一人，還有前靜宜大學校長李家同和另一位李秀全牧師。

三年前，靜宜大學頒我榮譽博士學位，當時觀禮的有許多位殘障團體的代表。典禮尚未開始，坐輪椅的林想解手，誰知廁所的空間不夠大，輪椅無法迴旋，氣得說：

「這是什麼學校，連個殘障廁所都沒有，還想頒殘障人士榮譽學位！」

話剛說完，就看見廁所裡面走出來個小老頭，手裡還提著抹布水桶，像是正在打掃的「工友」，只見他連聲道歉：

「對不起，對不起，我們一定改進！」

林暗自嘀咕，這學校的工友還挺和氣的嘛！萬萬沒有料到，典禮一開始，站在台上的「工友」赫然是鼎鼎大名的李家同校長！

其實很多同學都知道，李校長除了喜歡打掃環境外，也經常和他們一起打球、吃飯、聊天，是一個學生眼中最沒有架子的校長！

李秀全牧師則是我相識多年的朋友，他原先在校園團契工作，後來應聘到美國波士頓牧會。波士頓人文薈萃，會友不是擁有博士學位，就是學有專長，或者家財萬貫，個個眼高於頂，哪裡把台灣來的小牧師放在眼裡，初初牧會，辛苦可知。

有一日，聚會尚未開始，一位會友提早到教堂，順便想上個洗手間，沒想到竟然發現牧師大人正彎著身子洗馬桶，吃驚的叫起來：

「唉呀！怎麼能教牧師洗馬桶？」

牧師笑嘻嘻地說：「耶穌都能給門徒洗腳，我洗個馬桶算什麼呢？」

牧師的謙卑虛己感動了所有會友，讓他們放下心中的驕傲，全心全意接納了李牧師，上帝也因此大大祝福了波士頓教會，福音興旺，會友人數急遽增加。

十餘年後，李牧師看到教會穩定持續成長，決定趁有生之年到偏遠落後國家宣教。離開波士頓時，全體會友流著淚依依不捨的送他。

洗馬桶需要彎著身子，看病問診呢？

去年，我的腳趾頭不慎受了點小傷，本身的免疫力就很差，加以整天坐著不動，血液循環不良，傷口始終無法封口，反而日趨嚴重，迫得我只好到長庚醫院找醫生。

由於傷口正好位於腳底，我的膝蓋關節又僵硬彎曲，也無法抬高，我建議洪凱風醫生把我抬到診療檯上，以方便檢查，沒想到他笑著說：

「抬你一個人要麻煩許多人，不如我一個人省事！」

於是，就看見堂堂大醫生半跪半趴在地上，爲我清理傷口，消毒換藥。院長的秘書甄小姐打趣我說：

「你知道嗎？長庚醫院有史以來，從來沒有一個病人讓我們的主治醫生如此卑躬屈膝過！」

說得我十分汗顏。倒也想起看過的一篇小文章，一位署名楚婕的實習醫生，有次跟著副院長門診，看到一位患者的傷口在腳踝，他很自然的蹲下身子爲病人拆綳帶，不料卻引起副院長大發雷霆，喝斥他：

「醫生有醫生的尊嚴，可以讓病人把腳抬到椅子上，何必像乞丐一樣蹲在地上聞病人的臭腳丫！」

到底什麼是醫生的尊嚴？醫生關心的是「病」還是「病人」？一時之間，他對現今的醫療價值觀深感困惑與氣餒。

在現今的社會，昂首闊步、趾高氣揚的人比比皆是，然而，有資格驕傲卻不驕傲的人才是眞正的謙卑。

耶穌說，虛心的人有福了，因爲天國是他們的。上帝要我們放下身段，以柔和之姿服事祂以及祂的子民！

麥穗與半邊井

一齣以五四年代爲背景的電視劇「人間四月天」，大火燎原似的，從台灣一路燒向大陸，儘管當事人的後代一再抗議劇中頗多失眞的地方，但兩岸的年輕人還是沉迷在那種迴腸蕩氣的愛情故事中。

特別是男主角徐志摩周旋在三位女主角之間，他的風流倜儻，浪漫多情，以及不世出的才情和人文素養，不只統領風騷了那個時代，如今再次掀起「徐志摩旋風」。

徐志摩的文學評價，以及他對當代中國文化與民主思想的影響，自有歷史來定位。徐志摩的愛情觀只要兩情相悅，外人也無從置喙，唯獨他在對待元配妻子的態度上過於冷漠無情，特別是處理離婚一事，尤其有失厚道。

當時，徐志摩因為和林徽音的感情受挫，遠走歐洲，張幼儀千里依親，誰知就在她懷了第二個孩子彼得時，丈夫逼她簽下離婚協議書。

沒有愛情的婚姻固然痛苦，爲爭取自由不惜反抗傳統，這都能理解，無可厚非，但以當時張幼儀的處境卻是萬萬不可。她初至異國，人地生疏，言語不通，又懷孕在身，徐志摩竟在此時棄她而去，不聞不問，即便是一個普通朋友，也不應如此絕情寡義，更何況是他的妻子，肚裡尚且懷著他的孩子。

後來，我才從《小腳與西服》一書中得知，原來徐志摩是浙江硤石一位富商的獨子，優渥富裕的家世，加以徐志摩天縱英才，從小就顯露過人的聰明，可想而知，是如何的集三千寵愛在一身，以他處理張幼儀、陸小曼之間的兩段感情，就可以充分看出他驕縱任性的人格特質。

有人認爲徐志摩一輩子追求的都是一個「眞」字，他所表現於外的也不過都是他的眞性情，這樣說或許沒錯，唯其如此，更應有一份寬厚仁德之心，否則這個「眞」字也很容易變成一種執拗與頑冥，縱觀徐志摩悲劇的一生，應該也不是沒有原因的吧！

（註一）

情人分手，夫妻仳離，難免心中受傷，怨忿不平，但有什麼深仇大恨，一定要置對方於死地呢？

正好不久前，看到一宗妻子控告丈夫殺人未遂的官司。

很難讓人想像，這對夫妻不但是自由戀愛，而且當初因女方罹患類風溼症，遭受男方家屬強烈反對，兩人經過長期奮戰，克服所有的阻礙方才結爲連理。

照理說，這樣的婚姻基礎夠堅貞不移的吧！是什麼原因讓這分得來不易的感情變質呢？外人不得而知，只知有一天妻子發現乳房上有一小硬塊，請身爲醫生的丈夫檢查，丈夫認爲是良性瘤，無關緊要。

此後兩年，隨著瘤塊日漸長大，潰爛出血，連她這個不懂醫學的人都覺得情況不對，只是丈夫一再安慰她，教她放心，這期間丈夫也百般阻止她向其他醫生求診，基於對丈夫的信任，她只有強壓心頭的疑惑。

直到病情轉劇昏倒，經家人送醫，方知她罹患乳癌已到末期，癌細胞已經擴散，她不敢置信，丈夫是專業醫生，何以沒有檢查出來？

也就在同時，她無意中發現丈夫外遇，從種種跡象中抽絲剝繭，令她驚駭的是原來丈夫從一開始就診斷出她的腫瘤是惡性的，蓄意延誤最好的診療時間，造成乳癌由第一期惡化至第三期，被折磨的病體剩下不到三十公斤，而這一切都是丈夫爲了想及早擺脫她。

感情的背叛固然令人神傷，她只是不解，她從來不曾想以一紙婚約捆綁丈夫，何以丈夫非要置她於死呢？憤怒之餘，一狀告進法院，看她病體支離的坐在輪椅上，聲淚俱下的控訴丈夫，任誰都不免一掬同情之淚。

官司打了兩年，經過一審、二審，法官確認被告有「使人受重傷罪」，判刑五年，並賠償女方三千五百六十四萬，其中單單精神慰撫金就高達三千萬，爲歷來類似案件所僅見。

官司雖然打贏了，可是輸了婚姻，更輸了健康，而男方，即便可以再上訴，但事業、名譽勢必受到影響，到頭來落得兩敗俱傷。

以救人爲職責的醫生，竟蓄意把妻子送上死亡之路，如此的冷酷殘忍，眞教人不寒而慄。夫妻一場，沒有愛情，也還有情義在，何不留條生路給別人走呢？（註二）

這句話是許伯伯說的。

許伯伯是位企業家，早年在大陸生意就做得十分成功。一九四九年，國共和談破裂，大陸易幟，他先到台灣，基於傳統「有土斯有財」的觀念，把所有的錢都投資房地產。他告訴我，當時台北市有一整條街的房子都是他的。

後來許伯伯因事返回香港處理，就把所有的產業交由他最信任的一位親戚代管，誰知這人居心不良，為了想要霸佔他的財產，竟然向政府誣告他有共諜嫌疑。

在那個時代，這是非常嚴重的指控，這項指控讓他有家歸不得，最後流落到日本。夫妻倆從擺麵攤開始，胼手胝足，一路打拚，總算皇天不負苦心人，二十年後，重又打下一片事業基礎。

此時，政府鼓勵海外華僑回國投資，許伯伯以旅日僑領身分風風光光回到台灣，從此事業越做越大，反倒是當年那位陷害他的親戚不善經營，事業一蹶不振，輾轉託人，厚顏向他求助。所有知道這段往事的朋友都極力勸阻，甚至有人建議，應該趁機報復，狠狠給對方一個教訓。

不過，宅心仁厚的許伯伯還是伸出了援手，他認為對方既已低頭，可見知道自己錯了，留點顏面，何苦逼人太甚呢！

談起現今許多年輕人處人處事，往往是精明有餘，厚道不足，爭奪利益，不擇手

段；打擊對手，心狠手辣。許伯伯不免感慨地說：

「得饒人處且饒人，三十年風水輪流轉，誰也不知將來會遇到什麼情況，做人不要做得太絕，總要留條生路給別人走！」

大陸有些大戶人家挖了水井後，念及尚有人無水可汲，不願將井據爲己有，就把井圈一半在圍牆外，方便附近的鄰里人家取水。人稱「半邊井」。

這也讓我想起父親曾提到老家每年收割麥子時，祖父總會叮嚀長工，不要把麥子打得太乾淨，留些餘穗給窮人家的孩子撿拾。

厚道，無非就是自己有一碗飯吃的時候，記得也留幾口給別人吃；自己有路可走時，千萬不要把別人的路都堵死了。

註

一　資料參考張邦梅著《小腳與西服》，智庫文化。

二　資料取材各媒體報導。

寶典5 感謝

桃樂絲老太太的小册子

生病時，小學尚未畢業，學校念我平日功課不錯，勉強頒我一張畢業證書，這是我最高學歷。

生病的人多愁善感，想到同學都能如願升學，參加聯考，只有我坐困愁城，便不由兩眼淚汪汪。母親被我哭煩了，就找了些「閒書」給我打發時間。這一招還眞是管用，沉溺在書中世界的我，忘記病痛，忘記眼淚，忘記時間的流轉。

記憶最深的就是每天傍晚，母親忙完一天的家事後，出門爲我借書。躺在床上無所事事的我，看書如吃書，狼吞虎嚥，囫圇吞棗，一本厚厚三、四十萬字的小說，往往一天就可以看完。很快的，鄰居以及附近村落的書報雜誌都給我借光了。

天無絕人之路，正巧此時，父親認識一位服務圖書館的沈振宇先生，彷彿「芝麻開門」，我簡直像掉進了知識的寶庫，藏書不但豐富，而且本本都是名著。

我想沈大哥一定察覺我純粹打發時間的讀書習慣，因此常在書中夾封短信，問我讀書的心得，建議我試著做一些分析，也把他自己的一些看法和我討論。慢慢的，我從消遣式的讀書方法開始懂得如何賞析一篇文章。

沈大哥開啓了我的文學大門，後來之所以能夠走上創作之途，沈大哥的啓迪絕對是重要因素。

既然對文學產生了興趣，順理成章的報名參加當時頗富盛名的中華文藝函授學校。顧名思義，文藝函授學校是利用通信的方式授課，每周發一課講義，隔周交一篇作業，由老師批改。其中王文欽先生是我國文先修班和進修班的導師。

說來沒人相信，我的第一篇文章從頭至尾「一氣呵成」，連段落都不會分。在王老師的循循善誘下，進步神速。我不知王老師給分數是否一向寬厚，總之，我每篇文章都是九十幾分，遇到老師認爲精采的句子，更是紅筆連連圈點。可想而知，對一位失學的少年孩子，這是多麼大的鼓舞和激勵，老師的肯定幫助我找回遺失已久的自信和自尊。

這其中還有段小插曲。我的手腕關節因病變周轉不靈，以致寫起字來歪歪扭扭，王老師含蓄的問我，是否用左手寫字，我當然明白他的意思，但好強的我不願因此博取別人的同情，並未說明，但因這樣的刺激發憤練字，到後來我的一筆字還獲得不少人的稱讚呢！

事隔四十年，我和沈大哥意外的取得聯繫，但王老師卻始終緣慳一面，十分遺憾。（**註一**）

從閱讀到心中有話想說，從創作到集結出書，這又是一段漫長辛苦的路。

認識九歌出版社的蔡文甫先生則別有一番曲折。蔡先生和儼弟的岳父是一起穿草鞋長大的好朋友（**註二**），在儼弟的婚禮上認識。時任《華副》主編的他立即向我邀稿，後來他創辦九歌，我也順理成章成了第一批作者，結下一段文字緣。後來我才發現蔡先生曾是當年中華文藝函授學校的教務主任，又多了一層師生關係。（**註三**）

蔡先生的確是位忠厚長者，對後進晚輩如我者提攜甚多，知道我以版稅度日，經常打電話關心我錢是否夠用，幾次住院，他都前來探望，送錢給我。

外人很難了解，家有殘障兒或慢性病童，對父母來說是多麼大的負擔，許多家庭為籌措醫療費用甚至傾家蕩產，我比較幸運的是父親服務軍職，可以以軍眷的身分享受免費的優惠，父親退伍後，我仍在他的庇蔭下做一名小小的榮眷，及至創辦伊甸，戶口遷出，才發現從此看病失了保障。

偏偏我這個董事長屬於資方，不合勞保資格，對於一個經常以院為家的慢性病人，沒有任何醫療保險，簡直無法生存，茲事體大，非同小可。幸好蔡先生及時伸出援手，特別在他的出版社內給我補了一個編輯的名義，才解了我燃眉之急。

人是一種很奇怪的動物，特別容易記恨，誰得罪了我們，誰辜負了我們，誰又背叛了我們，我們總是耿耿於懷，忿忿不已。可是卻往往忘了在我們一生中，還有許多值得我們感謝的人和事，或許是幾句鼓勵的話語，或許是一抹善意的微笑，或許是在孤單時陪我們走了一段路……很可能這都是微不足道的小事，卻在我們的生命中留下一些亮光和熱度。

某次和一位知名藝人參加一個座談會，席間她曾提到幼年生活困苦，父母日日操勞也難得溫飽，每次看到玩伴都有錢買零嘴吃，就羨慕不已。有天，實在嘴饞得厲害，伸手向阿母討五角錢，沒想到換來一巴掌，阿母罵她說：

「死囝仔，飯都沒得吃，還想吃糖，乾脆去死好了！」

她心裡又是委屈又是氣憤，一路哭哭啼啼往河堤跑，決定死給阿母看，叫阿母後悔一輩子。

她原本是賭氣，希望阿母回心轉意，誰知阿母根本不理她，一個人蹲在河堤上騎虎難下，越發哭得傷心。

大概是她的哭聲引起河邊垂釣的一位老阿伯的注意，老阿伯問清原由後，呵呵笑著說：「嘸要緊，五角而已，喏，給你，別哭啦！」

老阿伯在她手中塞下一枚五角硬幣，她很想拒絕，又捨不得拒絕，半推半就的收下了。不過，她並沒有拿去買糖，而是珍藏起來，直到今日，她還記得陽光下閃閃發燦的那五角硬幣。

另一位朋友也同樣家境貧寒。他說，念小學五、六年級時，每晚補習到九點多才回家，總會經過一個賣魚丸湯的小攤子，在又累又餓的情況下，總覺得那魚丸湯噴香撲鼻，教人饞涎欲滴，只可惜囊中羞澀，只能望梅止渴一番。

有一次，他忘記什麼原因，父親獎賞他五角錢，可是一碗魚丸湯要兩元，他躊躇許久，終於鼓起勇氣，怯生生地對老闆說：

「我只有五毛錢，可不可以只買一粒魚丸？」

老闆看了他一會兒，舀了一碗魚丸湯給他，碗裡明明白白放了四粒魚丸，他吃了一驚，結結巴巴地說：

「老闆，我只要一粒就夠了。」

老闆笑笑，慈和地說：「沒關係，免算錢！」

很多年後，他已經吃得起燕窩魚翅，但他發現，沒有一種食物比得上那一碗魚丸湯來得滋味鮮美，回味無窮。

感謝，是一種美德，而能把這種美德發揮得淋漓盡致的恐怕要數加拿大的桃樂絲老太太。根據《讀者文摘》的一篇文章報導，她在八十五歲去世之前，把她的遺產分給兩百三十七個人，這些人在她一生中，曾有意無意間幫助過她，雖然他們自己都未必記得，然而桃樂絲老太太鉅細無遺的記錄在她那本保存了五十三年的帳冊上。

但願我們手中也有這樣的一本小冊子，點點滴滴記下人世間的真情與恩惠，常存感謝之心！

註一　九歌蔡先生看到杏林子這篇作品，曾根據王先生的地址連繫，但均無結果。王先生在國內地址是花蓮縣林榮西林村1-1號，華封公司陳湘代轉。日本地址是橫濱市中區山下町106番地（這二處都是多年後他投稿《中華副刊》的連絡方式）。如有讀友知道王文欽先生近址，請與九歌連絡。

二　杏林子之弟劉儼的岳父彭友生先生，原任教於台北縣立汐止初中，開學前被省立基隆中學延聘，蔡先生接聘抵劉儼岳父的缺額任教才結識。而她的岳母黃玉燕女士也是翻譯家。

三　蔡先生在函校任教職時是民國四十五年四月到四十六年八月，推算杏林子入學期間是十五到十六歲，如此小的年紀，竟有高昂的學習精神和超強的記憶力，值得效法和敬佩。

踏著前人的腳蹤行

早年，台灣曾被諷刺爲「人才輸出國」，原因是我們好不容易培育出來的大學生，只要一出國門，十之八九都不再回來，形成「楚材晉用」的現象。

隨著經濟的繁榮，高科技的發展，人才逐漸回流，固然絕大部分是爲了看好台灣的就業市場，但也不乏只是單純的想把自己的所學貢獻給哺育他的這塊土地。

花蓮慈濟醫院的賴其萬院長就是其中之一。

賴院長在台灣接受完整的基礎醫學教育後，留美深造，這一留就是二十三年。二十三年間，他醫病、教學、研究，成爲國際知名的癲癇神經科的專家。

三年前，賴院長的兩位好友在極短的時間內因癌症去世，給他相當大的震撼，接著，一場疑似癌症的虛驚更帶給他不小的衝擊，他開始嚴肅的問自己：

「如果我只有六個月可以活的話，我到底要做什麼？」

他想到多年來，雖然也曾多次想要回國服務，總因種種問題而作罷，如今他再次思考回國的可能性。不過，發揮「臨門一腳」的人物卻是蘭大弼醫師。（註一）

蘭醫師的父親是蘭大衛醫師，一八九六年以宣教士的身分來台，在彰化教會開始醫院診療的工作，隨後成立彰化醫館，這是彰化基督教醫院的前身。

有一年，一位十三歲的學童周金耀不愼跌倒受傷，傷口感染細菌，化膿潰爛，非但無法收口，而且一直蔓延，傷口長達一尺餘，如果不植皮的話，將會有生命危險，而此時周金耀已被病折磨得身體虛弱，瘦骨支離，無法利用自身的皮膚。

時間緊迫，蘭大衛醫師的妻子連瑪玉醫師娘自願割下自己的皮膚，移植給周金耀。於是，蘭醫師自妻子的大腿部取下四片一吋寬三吋長的皮膚，完成這次的手術，這就是傳誦一時的「切膚之愛」。

周金耀感念蘭醫師及醫師娘對他的愛和犧牲，長大後也奉獻成爲傳道人，先後擔任台南神學院董事長、台灣長老會總會議長等職。

蘭大衛醫師年老退休後，他的兒子蘭大弼夫婦也接續父母的工作，在彰化基督教醫院服務至一九八〇年，才告老還鄉。總計父子兩代在台的時間長達八十餘年，他們留下愛的典範至今仍爲中南部的百姓津津樂道。

一九九六年一月，賴其萬院長趁著教授休假期，到英國遊覽訪問，聽說蘭大弼醫師定居倫敦，決定前去拜會。

和蘭醫師的見面給賴院長留下極深刻的印象。蘭醫師一口道地的台語，說得比他還「輪轉」。蘭醫師十分懷念在台灣的日子，言談之間，對台灣的一草一木蘊含濃厚的感情，令賴院長動容不已。

他激動地對蘭醫師說：「你與台灣非親非故，但你們父子兩代四人都把你們一生的歲月幾乎全花在台灣，爲我們的同胞服務，而我自己這種喝台灣奶水長大的台灣人，卻滯留異鄉，教的是美國學生，照顧的是美國病人，比起來眞令我慚愧得無地自容。」

蘭醫師拍拍他的肩膀，眞摯誠懇地說：「我受教於英國，而服務於台灣，你受教於台灣，而服務於美國，這不是很好嗎？因爲我們這樣做，這世界才會更好。」

這次的會面所帶給賴院長的震撼，影響了他日後回國定居的決定。（註二）

無巧不巧的，花蓮門諾醫院的黃勝雄院長，同樣也是自美回國服務。

黃院長是一位腦神經外科專家，在這方面有極高的成就，前美國總統雷根罹患阿滋海默症（俗稱老年癡呆症），黃院長即是他醫療小組的成員之一。

黃院長每年都會有一個月的時間到第三世界當志工。有一年他回到台灣花蓮，當時門諾醫院的薄柔纜院長是美國宣教士，在台灣已服務四十餘年，如今垂垂老矣，太太又重病在身，亟思退休有人可以接棒，無奈一直找不到願意接替的人選。

薄院長不解的是許多學醫的台灣人寧可千方百計到遙遠的美國，也不願回到自己的故鄉——後山花蓮。所以他曾感慨地說：

「美國很近，花蓮很遠！」

黃院長在花蓮的一個月中，住在一間破舊的大樓裡，沒有冷氣，沒有良好的衛浴設備，加上滿地的蟑螂和老鼠，對一個年薪一百二十多萬美金、過著養尊處優生活的他，眞是一種很大的折磨和考驗。

然而，薄柔纜院長卻在這樣的環境中一住四十餘年，毫無怨言，夫妻倆把他們一

生的青春歲月奉獻給這塊土地，如今卻面臨著後繼無人。

薄院長誠懇的請他留下來，同時，黃院長也發現花蓮的原住民朋友因酗酒或車禍導致腦傷的比率居台灣之冠，而他正好是腦神經外科專家。

回美國之後，「美國很近，花蓮很遠」這句話一直縈繞在他耳邊。事業、財富、地位、家庭，他樣樣俱全，人生無憾，尚有何求？

五十五歲這年，他毅然放下美國的一切，回到台灣。（註三）

在擔任伊甸基金會的主管時，每次招考職員，我總喜歡問他們一個問題：「你爲什麼要來伊甸？你覺得伊甸和別的機構有什麼不同？」

我常常提醒他們，在這樣一個「工作很重，薪水很少」的地方，如果沒有一點奉獻的精神，恐怕很難堅持下去。

有時，縱然我們有心，迫於現實，也會有後繼乏力之感。曾有幾位年輕人在伊甸服務一段時間後，因種種因素而離職，臨走前十分依依不捨，自覺有愧於殘障朋友，我安慰他們說：

「你們爲國家服兵役兩年，就把你們在伊甸的日子當作是服愛心役吧！」

其實，不論他們服務的年限長短，我都心懷感激，畢竟，有心最重要。我相信只要你心甘情願的付出，按自己的能力量力而為，或許我們無法做到像賴其萬院長、黃勝雄院長或是這些可愛可敬的外國宣教士那樣的境地，然而，你只要關心周遭的弱勢朋友，隨時樂意協助他們，即便只是一名志工，同樣也是一種奉獻。

在我們四周，有太多太多這樣的朋友。例如嘉邑行善團，一群鄉土百姓聚集一起，修橋鋪路，完全是自動自發；例如生命線、張老師的電話諮詢志工；各地的義消、義警……

有人專門為盲人報讀、錄製有聲書；作家們義務到監獄教導受刑人寫作，希望藉由文學淨化他們的心靈，為他們尋找一條新生的路；每年寒暑假，各大專院校的社團一批批走向原住民部落……

九二一大地震後，更是全國百姓的愛心大動員，出錢出力。許多人放下工作，趕到現場，有的參與搶救，有的烹煮食物，有的架設帳篷，有的幫忙抬屍……

伊甸基金會喜樂四重唱的幾位視障朋友，有感於眼睛的不方便，幫不上什麼大忙，但他們個個都學過按摩，或許可以以此為災民、工作人員、阿兵哥舒解筋骨的勞累。

出乎意料之外的，他們的服務受到熱烈的歡迎，工作接應不完，每天都按摩到手軟腳軟才休息。

有一天，來了位臉色蒼白的阿兵哥。阿兵哥每天搬運屍體，不但體力透支，而且心靈上也受到極大的衝擊，精神瀕臨崩潰邊緣，因爲曾是伊甸的捐款者，看見伊甸的按摩車備感親切，他問喜樂成員之一的林德昌說：

「我一身的屍味，不知你敢不敢抱我？」

德昌立刻給了他一個熱情的擁抱，說：「我的弟兄啊！你連屍體都敢抱，我怎麼會不敢抱你呢？」

當場兩人流下激動的眼淚。

年輕的朋友常狂妄地說「人不自私，天誅地滅」，這樣的想法眞是可怕。一個人爲追求自己的理想，實現自己的夢想，傾一生之力，將生命力發揮到極致，多麼可喜可賀。

然而，人也不單爲自己而活，我們必須了解，在這個地球上沒有一個人是可以獨立生存的。在成長的過程中，我們享受著前人的庇蔭、既成的成果、闢好的道路、智慧的結晶；許多呵護、扶持、愛與激勵、鞭策與教誨……有一天當我們行有餘力時，是不是也能有所回饋？

奉獻，是一種無私無我的利他行爲，人類至高無上的情操；奉獻，不追求自己的利益，不計較得失，甘願將自己的所有與他人分享，而人類的世界也因著這樣的互動、互惠與互利，化解紛爭與對立，進而達到和諧共振的美好境地。

註

一　資料參考賴其萬醫師著《當醫生遇見Siki》，張老師文化。

二　資料由彰化基督教醫院院史館提供。

三　資料由花蓮門諾醫院提供。

誰是受害者

昨晚，看了一齣電影「密西西比謀殺案」，敘述美國黑人人權運動家梅德格·艾佛被種族主義份子暗殺，二十五年後沉冤昭雪的故事。

以今天的眼光來看，很難讓人相信，沒有任何理由，僅僅因對方的膚色不同，就可以把他殺掉，而且殺得理直氣壯，大言不慚。

六〇年代的美國密西西比州，儘管黑奴早已解放，聯邦政府一再下令不得歧視黑人，但民間仍陽奉陰違，尤其是有一批激進份子組成的三K黨，要把黑人趕盡殺絕。

梅德格·艾佛四處奔走呼籲，爭取黑人權益，同時也希望能化解與白人之間的仇恨，最後自己竟成了犧牲品。

梅德格・艾佛曾說：「當一個人心中有恨時，他自己就是第一個受害者。」可惜聽得懂這句話的人實在不多。

這句話倒是我深有領悟。

二十年前，爲了慶賀母親六十壽辰，出版了一本勵志小品。出版社的老闆是弟弟一位好朋友的父親，平日十分熟稔，基於信任，彼此連約都沒簽。我越來越相信，朋友之間還是少合作爲妙，許多事情一牽涉到金錢或利益，少有人能不嫌隙齟齬，甚至翻臉、反目成仇的，人性中有太多太多脆弱的部分是禁不起考驗的啊！

事隔這麼多年，誰對誰非早已不重要，我只記得那段時間整天陷在惡劣的情緒中，氣憤加上惱恨，做了多年基督徒的我，雖然一再提醒自己，「要愛你們的仇敵，爲那逼迫你們的禱告」。只不過就像保羅說的：「立志爲善由得我，只是行出來由不得我……我眞是苦啊！」

結果，正好印證所羅門王的話：「喜樂的心，乃是良藥，憂傷的靈，使骨枯乾。」

我左邊的髖骨關節突然發病，痛不可忍，這是當時我唯一完好的大關節，平日全靠它翻身、挑被子，這下可眞是坐臥難安，災情慘重。

不過，腿一痛，我也彷彿被人打了一巴掌似的清醒過來，連健康都已失去，這世上還有什麼可爭可計較的？

一念之間，放下心中「屠刀」，頓時覺得身上的千斤重擔已卸，輕鬆無比。奇怪的是和出版社的糾紛一夕間峰迴路轉，迎刃而解，順利的出人意料之外。

從《宇宙光雜誌》上看到一則轉述的故事。

一位即將大學畢業的年輕人，父親答應送一輛新車做爲他的畢業禮物，父子兩人還興致勃勃的翻閱不少汽車雜誌，相互討論不同的品牌、車種。

行完畢業典禮後回到家，父親遞給他一包禮物，打開來竟是一本《聖經》，一霎時，他又失望又惱恨，父親不是要送他新車嗎？怎麼變成一本《聖經》了？他不僅有受騙的感覺，而且認爲父親根本是戲弄他，憤怒之下，奪門而出，也聽不見身後父母的呼叫聲。

這一離家就再也沒有回來過，直到三十年後父親過世，處理完喪事後，母親靜靜的交給他一本《聖經》，仍是當年那本，母親示意他打開，他驚愕的發現裡面夾了一張支票，支票已經泛黃，但上面的金額和父親的簽字仍清晰可見，他立刻就明白了。

可以想見他內心的痛悔和自責，只是再多的痛悔和自責也彌補不了所造成的傷害。恨使人瞎眼，失去理性，留下永遠的遺憾。

新任花蓮慈濟醫院院長的賴其萬醫師，曾在他的新書《當醫生遇見Siki》中提到一段往事。

他還在台大醫院當住院醫師時，他表哥的獨子罹患先天性心臟病，不知應否接受開刀而向他請教，賴醫師以他專業判斷，開刀是唯一的辦法，遂推介當時最有名的心臟外科醫師，沒想到手術失敗，為此表哥遷怒於他，從此不再與他往來。

雖然賴醫師自認當時的建議並無錯誤，但是看見表哥夫妻的傷痛逾恆，仍深感歉疚，一直耿耿於懷。

意外的是二十餘年後，久未謀面的表哥因著他的一篇文章而和他取得聯繫，告訴他這些年的心路歷程。「當時曾消沉了兩年，了無生趣，形同行屍走肉，我太太更厲害。但是後來我們又慢慢站起來，放開胸懷，面對變化莫測的人生。」

正因為放下了心中的怨恨和怪責，才能開放胸懷，從傷痛中走出來，夫妻倆也都成爲「兒童心臟基金會」的贊助會員，定期捐款，希望幫助其他病童和家屬不再有類似的遺憾發生。

當然，並不是每個人都能走得出來。

台灣有名的直腸外科專家雷子文醫師，有一獨子在軍中服役時暴斃，其中啓人疑竇之處甚多，加以軍方處理草率，態度敷衍，引起家屬深度不滿。

雷醫師認定他的獨子是被謀害而死，無奈一再上訴都被駁回，他聯合其他家屬組成「軍中受難家屬協會」，四處陳請，也無下文。雷醫師個性剛烈，既痛心政府的顢頇無能，又傷心自己老來喪子，那麼優秀的一個年輕人轉眼化成一罈骨灰，怎不令愛子心切的他傷心欲絕！儘管妻子和親朋好友一再開導勸慰，但他完全聽不進去，天天想到的都是兒子，他要爲兒子伸冤、報仇。

雷醫師的精神狀態越來越不穩定，幾近瘋狂，終於在一次縱火中，自己也葬身火窟，一代名醫以這種方式結束自己，實在令人唏噓不已！

每個人處理情緒都有不同的方法。

前些時，加拿大多倫多發生一起台灣學生吳姓姊妹被姦殺、造成一死一重傷的命案。吳家父母即刻搭飛機趕去，看到愛女的慘死及重傷，震驚、心碎、痛苦的心情，任誰都能體會，想來他們對兇手一定是恨之入骨吧！

就在兩天前，透過媒體，他們夫妻發表了一封公開信，謝謝社會大眾給予的關懷與支持，同時表示，他們願意原諒兇手，並且相信在天上的女兒也會同意這麼做的。

並不是說吳家夫婦比雷醫師心胸廣大，他們只是懂得用饒恕醫治內心的傷口，才有再站起來的力量。

古今中外，最懂得饒恕之道的恐怕非耶穌莫屬。

《聖經》上記載說，耶穌是上帝的獨生子，為拯救世人的罪孽降世為人，最後卻被祂的子民殺害，釘死在十字架上。

當耶穌被祂的徒弟猶大以三十兩銀子出賣，當失去理性的猶太人瘋狂的叫著「釘死祂！釘死祂！」的時候，耶穌卻是舉目望天，向上帝祈求說：

「父啊！赦免他們，因為他們所做的，他們不曉得！」

絕大部分的仇恨皆出於無知。很多時候，我們其實不知道自己在做什麼，我們把自己區分出來，自以爲聖潔公義，輕易的把別人釘上十字架。大至希特勒一口氣殘害六百萬猶太人，小至你口中一句惡毒的咒語。

的確，當我們被欺騙、被出賣、被羞辱、被流言攻擊、誤解中傷，甚至遭逢劫難、傷痛欲死時，要我們說原諒，從心裡饒恕，確實不是件容易的事。

正因爲不容易，才需要學習，用愛來包容彌補。

世上沒有十全十美的人，我們都有軟弱，都會犯錯，心中常充滿各樣猜忌、怨毒、惱恨、不平……就生命的本質來說，我們一點也不比別人好。所以，當我們開口祈求上帝「免我們的債」時，先決的條件是「如同我們免了人的債」。

原諒別人，其實就是與自己和好，與上帝和好。

寶典8 團隊

抬轎子上房

不知是不是因爲身體不好的緣故，影響牙齒的生長，儘管從小不吃零嘴，更討厭甜食，但牙齒還是一顆一顆的壞。到如今，髮未白，視未茫，齒已先如秋風落葉。這兩年，看牙成了我的重要課題。

由於上下顎的關節病變，嘴巴張開的幅度有限，醫生看診，備加辛苦，好在我的牙醫個個愛心超強，整個治療過程中，很少有讓我不適的地方。

我說「個個」，是因爲給我看病的牙醫不止一位。他們各有專精，有的負責根管治療，有的則擅長補牙或植牙，合成一個醫療團隊。

這群醫生除了全是牙科出身外，最大的特徵都是基督徒，也絕大部分是台灣土生土長的中生代。共同的信仰、專業和成長背景形成一道牢不可破的凝聚力。

原先，他們都有自己的診所，行有餘力之際，想要爲中國大陸以及東南亞的華人貢獻一點心力，因此組織起來。初期經過一段時間訓練，過著類似「公社」的團體生活，培養默契，也鍛鍊心志，因爲他們將要去的地方生活條件遠不如台灣，環境也複雜許多，這些都必須先有心理準備。

目前，先頭部隊已在汕頭、昆明成立了兩家醫院，緬甸和泰北地區也正在籌設中。他們主要的工作是義務訓練當地的醫生、齒模技工，改善當地的醫療品質，所有的設備和經費全靠台灣支援。

給我印象最深的是醫生與醫生之間的互動，彼此的信任與尊重，共同爲一個目標同心合意、出錢出力、一起奮鬥和努力的精神令人動容。

早期，許多歐美的醫生和宣教士來到中國辦醫院、孤兒院、傳福音，如今我們的基督徒也開始走出去，同樣以基督博愛救人的心懷，奉獻他們的生命，服務耶穌口中「最弱小的弟兄」。

俗話說，團結就是力量，這股力量可以實現許多夢想，成就一番事業。

在坊間琳瑯滿目的出版物中，《講義雜誌》是一本相當具有水準的刊物。最早買講義是為報上的廣告詞吸引，優美的像一篇溫馨小品。原來，這本刊物是由五個曾經一起念過建中的好同學創辦的。

這五個人從事的行業各不相同，從藝術家、律師、電腦設計師、醫生到美國華爾街的金融奇才。他們散居世界各地，各在自己的工作領域上出類拔萃，具有相當成就。

畢業二十年後，為慶祝高一班級導師壽辰，他們在台北重逢相聚。促膝夜談，懷想少年時光，當年的理想、夢與熱情。而今他們功成名就，人生幸福美滿，除了感念老師教誨「積極奮發，務本踏實」的人生態度，也為身體內所流的那分堅忍無畏的中國人的血液驕傲，因此他們決定辦一份刊物，希望把這樣的理念和精神發揚光大。

他們以老師家鄉私塾的名稱「講義堂」做為出版公司以及雜誌的名稱。十四年來，這分刊物越辦越好，無數的讀者獲得思想與心靈上的啓迪和淨化，影響不可謂不深遠。

創業時，大夥同心協力，任勞任怨不難，可是等到成功了，賺錢了，彼此間就可能因為權力的爭奪、利益的分配而生嫌隙紛爭，甚至反目成仇，這樣的例子在當今社會比比皆是。難能可貴的是這五個人一路走來，始終如一，恐怕這也是《講義雜誌》

成功之外的另一種成功吧！

無獨有偶，又是一群建中學生合夥創業，不過這回開的是餐廳。

根據中時記者鄭如意的訪問報導，三年前，六位建中三十八屆三年一班的同學聚會聊天，閒談中，有人突發奇想，提出合開一家泰式餐廳的構想，立即獲得一致贊同。

這其中只有一人有經驗，其他全是外行。沒關係，他們各有專長，包括會計師、律師、媒體工作者、企管人才等等，於是，從廚務、市場調查、財務管理、法律契約到行銷全部自己人包了。

六個死黨十分懷念他們以前的班級，就把合組的公司命名為「三年一班」，店名「泰平天國」，戲稱自己是「六大天王」。

草創時期，資金不多，只能小本經營，請不起太多人手，這六位全部是老闆兼跑堂，只要一下班或放假日，就到餐廳幫忙，端菜、洗碗、打雜樣樣都來。

俗話說「二人同心，其利斷金」，何況是六個人。隨著業務的發展，又有二十一位三年一班的同學有意加入，正好他們打算拓展版圖，既然有生力軍，順理成章的又開了兩家分店。

雖然高中畢業已有十五年，但時光並未沖淡他們之間的感情，年年相聚，暢談往事，如今有了自己的店，彷彿是他們另一個家，沒事就到那裡坐坐，享受一下家的溫暖。

他們自己也承認，開餐廳的目的不在賺錢，而在實現同學共同編織的理想，紀念他們那分越久越醇越香的情誼。所以，你可以在「泰平天國」內處處看到當年建中三年一班的影子，從裝潢的色調到菜單的設計，以及股東們所穿的建中制服，制服上繡的學號，有趣的是現在的學號比以前多加了兩碼，那是股東的號碼。

這簡直有點像小孩子辦「家家酒」，他們玩得興高采烈，旁人也看得興致昂然，只不知到他們店裡進餐時，是否也能吃出一點「童年」的味道？

很遺憾，我沒有機會擁有能夠陪我一起長大的好同學，一起度過尷尬青澀卻也神采飛揚的青春歲月，但我擁有一群「革命同志」，我們一起爲殘障福利打拚，創造了許多奇蹟，這恐怕也是一般人難得的經歷。

伊甸創辦之初，只有七位董事。這七人背景各異，又多爲初識，套句成語，還眞是「烏合之衆」，不過每個人都很淸楚這是爲社會公益，無個人之私，因而彼此都能坦誠相對。

伊甸從一開始組織的架構，制度的建立，的確花了董事不少的心力，而我們能夠發展的如此快速，成效斐然，全拜這群「烏合之衆」捐棄己見培養出來的默契。

再之後，爲了爭取身心障礙者的權益和福利，伊甸結合了國內七十餘個殘障團體四處請願、呼籲，甚至不惜走上街頭。

目標一致，理念相同，再加以同是弱勢者，格外顯得同仇敵愾，政府的社福政策之如此快速修正和開放，正是這股「衆志成城」的力量。前立委李勝峰先生在草擬「國會遊說法」時，曾公開表揚說：

「中華民國有史以來，規模最大、最團結、成效最大的遊說團體就是殘障聯盟！」

啊，那眞是一段風起雲湧、轟轟烈烈的革命歲月啊！

直到現在，儘管長江後浪推前浪，大部分的社福機構已由年輕人接棒，我們這些老革命同志時不時相聚一堂，「白頭宮女話當年」，仍不免有一番「引刀成一快，不負少年頭」的豪情壯志。

《聖經》上有段話很有意思，「兩個人總比一個人好，因爲二人勞碌同得美好的果效，若是跌倒，這人可以扶起他的同伴，若是孤單跌倒，沒有別人扶起他來，這人就有禍了。」「有人攻勝孤身一人，若有兩人便能敵擋他，三股合成的繩子，不容易折斷。」講的都是朋友和夥伴在我們生命裡的重要性。

的確，沒有人不需要朋友。有時，某些事情或許可以單打獨鬥，一個人完成；然而，更多時候，我們需要和別人一起搭配，特別是在今天的社會，講究的是團隊精神。

擔任伊甸的主管十年，我經常喜歡跟工作同仁講一個故事。

耶穌在迦百農講道的時候，有四個人抬了一個癱子要請耶穌醫治，無奈門前擠滿了群衆，他們根本無法近前，就想了一個法子，爬上房，把屋頂拆了，然後把癱子連同他躺臥的褥子一起縋下去，耶穌看見他們的信心，就醫好了癱子。

《聖經》上沒有提到這四個人的名字，想必他們和癱子一定是好朋友，想必他們非常非常愛這個癱子，渴望他早點痊癒，所以才會「不擇手段」的要把癱子帶到耶穌面前。

以往，耶穌治病往往只針對某個個人，而這一次卻是因爲「他們」這一群人，可見耶穌不僅被他們的信心感動，也爲他們之間那份愛和友誼感動。

整個故事在《聖經》上不過只佔據了少數幾行字，可是卻透露出非常重要的訊息。

那就是愛心還要加上行動，更重要的是團隊精神。

想想看，四個人，四個個性，四個生長背景，四個不同人生價值觀，卻爲一個目的捐棄己見，合作無間。特別是在抬一個癱子爬上屋頂這種高難度的行動中，四個人目標一致，方向一致，快慢相同，力量均衡，沒有絕對的默契是絕對無法達成的。

這其間包含愛、友誼、體恤、信心、勇氣、智慧、團結。最後，他們「創造」了一個奇蹟。

寶典9 環保

搶救鳳凰木

一九九八年諾貝爾文學獎得主荷西・薩拉馬戈受獎演說中，提到他的祖父傑羅尼墨。傑羅尼墨在感受到死亡即將降臨，死神要將他帶走時，他特地走到庭院，向院子裡的樹木道一聲再見。

然後，他一株一株地擁抱著樹，向它們一一告別，喃喃哭訴著心中的不捨，因為他知道再也無法見到它們。

我居住的社區二、三十年前是北部著名的觀光景點。整個社區的面積有五十幾甲，住戶少，空間多，到處都是花圃和樹木，加上小溪蜿蜒，蜂蝶處處，鳥鳴不絕，取名「花園新城」倒也名副其實。社區每條道路都種有不同的行道樹，從大道口一進來就是兩排美麗的鳳凰木，搖曳生姿，接連的是楓林大道，春天翠華如蓋，冬日楓紅片片，最是令人心醉。

多少人曾到這裡郊遊烤肉，多少電影公司、婚紗攝影不斷前來取景，然而，曾幾何時，隨著住戶的增加，以及建商爲償債濫墾濫建的結果，樹木被大量砍伐，花圃彌平，空地逐漸消失，清澈的小溪變成了一條臭水溝，花園新城猶如一個破落戶似的風華漸失。

最近幾年，一些有心的住戶開始警覺，不容這種狀況繼續惡化，主動出來維持環境，增植花木，推動資源回收，也經常舉辦一些活動，聯絡社區感情，感覺上原來暮氣沉沉的社區又活起來了。

前一陣子，住戶們不約而同收到一份小單張，呼籲大家搶救鳳凰木。原先從大門口到圓環的路上，總共種了一、兩百棵鳳凰木，歷經二十餘年，有些被颱風連根拔走，有些不明原因枯死，到目前剩下七十三棵。

最近，有人發現這些高大粗壯的鳳凰木被蟲蛀得十分厲害，每棵樹都枯黃乾萎，奄奄一息，再不阻止的話，恐怕難逃一死的命運。

這群可愛的鄰居特別請了位著名的樹醫師來治療，全部費用約需二十餘萬元，因此發動募款，每人五百、一千的搶救我們的樹。

那段時間，進出花園新城的住戶和朋友都會看到，樹醫師帶著他六位學生忙著給樹治病。只見有些樹被截肢，有些被開腸破肚，挖去裡面的瘤塊，有些甚至吊起點滴，裡面不知是藥物還是營養液……樹與樹之間牽起一根長繩，繩上綁滿許多綠色的小絲帶。每根小絲帶都是一個祝福，一個承諾，我們愛我們的樹，希望它們早早痊癒。

也因著這件事，人與人，人與樹木，乃至周遭的自然環境有了美好的互動。鳳凰木逐漸恢復生機，欣欣向榮，想來許多住戶的心中都有份難以言叙的歡喜和感動吧！

花園新城的住戶還算是後知後覺的，有些在地人比我們更早關心到他們生長的家園。

台中豐原市有位廖姓老農夫，務農之餘，還一口氣認養了七座公園。

這位廖火石先生原本就很熱心社區服務，也常到豐原醫院當志工。老人家起得早，每天早上都會到公園運動，看到許多人不守公德，弄得公園髒亂不堪，心裡難過，就順便帶著夾子和塑膠袋來撿垃圾。

廖老先生似乎撿出了興趣，豐原市有七座公園，他乾脆每天輪流到一座公園，運動兼帶打掃環境，身體顧好了，公園也清潔了，眞是「摸蛤仔兼洗褲」。（註一）

在台北縣土城的清水地區，有兩條小溪經過，一條是冷水溪，一條是藤寮溪，俗稱姊溪、妹溪，都源起自大尖山。

早年，這兩條溪流清澈美麗，魚蝦豐盛，加上遍布野薑花，是許多人休閒、垂釣的好去處。自從土城被闢爲工業區，人口大幅增加，家庭廢水以及工廠排放污水，使得兩條溪流污染越來越嚴重，不但顏色烏黑，而且經常夾雜著各種顏色的化學液體，遠遠就能聞到一股刺鼻的臭味。

當地的清水國小，有一位五年級的施懿璞小朋友很早就注意到姊妹雙溪的「變臉」。施懿璞平日在學校推動環保工作就表現得十分優異，曾被選拔爲校園環保小署長，這時她就以一篇環境觀察報告〈姊妹雙溪的故事〉，推薦獲選全國十大績優小署長。

這段故事也被廣電基金會拍成記錄片，節目播出後，反應甚佳，因而引起縣政府的注意，開始加強取締工廠排放廢水。

直到今天，施懿璞雖已升上國中，功課較忙，仍然按時帶著她自製的吊桶和瓶子，到溪邊舀取溪水觀察，做生態記錄。（註二）

比起施懿璞的單打獨鬥，原住民的護溪、護魚，更是轟轟烈烈，全村全族動員，甚至包括小孩和狗。

早在十年前，位於阿里山半山腰的山美村，是鄒族人的部落。山美村得天獨厚，有一條達娜伊谷溪蜿蜒經過，溪中原本盛產鯝魚，只因被外地人毒魚、電魚、炸魚將生態破壞殆盡，年輕族人生計困難，紛紛出走，引起族人極大的危機感。

當時山美村的高正勝村長，以及族人溫英峰與幾位有志一同的年輕人成立社區發展協會，發起護溪、護魚運動，將上游河段規畫爲生態保育區，管制外人進入，僅留下游河段開放給遊客垂釣。

初初開始，不僅外人難以接受，時起衝突，就是族人，也是經過苦口婆心一再教導，才逐漸有了環保的概念。

尤其是高村長帶著自己的孩子和狗，一連數月睡在溪邊護魚，他的堅持與決心終於獲得族人的認同和熱忱參與，短短不過四年功夫，達娜伊谷溪的鯝魚重又成群出現。

這樣的成就讓族人自豪，歡喜若狂，俗話說自助天助，這個時候，文建會、環保署等單位正在推動社區總體營造，得知他們的表現，特別給予補助。

有了政府提撥的經費，全村開始全面性綠化，同時他們也體認到鄒族特有的文化就是最寶貴的資產，如果再加上地方特色，兩者結合，將是最好的觀光賣點，既能維繫傳統文化，又是大筆觀光收入，一舉兩得。

難能可貴的是他們把部分收入統籌運用，列爲老人安養金、學生獎學金、結婚及生育補助金，簡直比政府的社會福利還要周全。年輕的族人開始回流，在這裡，他們不僅生活有保障，而且活得有尊嚴。

如今，每年的鯝魚節以及星期假日，就擁來大批的遊客，甚至包了遊覽車前來觀光，達娜伊谷溪已成了全台灣最著名的生態觀光景點，也是環保奇蹟。（註三）

我的姪兒漢威陪同他兩位好朋友遠從挪威回到他從小生長的地方，爲的是向他們介紹這個美麗的寶島。

只不過寶島比他記憶中的美麗遜色多矣，許多以前遊過的地點像是突然被人毀了容似的，令他錯愕不已。尤其是髒得可以，走到任何一個景點，共同的特色就是攤販雲集，垃圾遍地，廁所臭聞十里。

「姑姑，怎麼都沒人管呢？」

姪兒的話，我無言以對，我相信他的心情和我一樣頗爲複雜。在台灣居住了五十年，一步步看著山林被砍伐，山坡地濫墾，河川污染，許多珍禽異獸絕種或瀕臨絕種……總有一種無奈和痛心。

雖然這些年越來越多人覺醒，可是破壞的速度遠遠超過，不能不令人憂心如焚。大地是生命之母，一個人若不能對他處身立地的土地有一份敬虔和疼惜，總有一天，大地反撲，棄絕我們。

如果多一點點關心，多一點點用心，就如同搶救鳳凰木……。

註

一　資料參考林淳華著〈認養七座公園的老農夫〉一文，《中國時報》。

二　資料參考方偉達著〈搶救姊妹雙溪的女孩〉一文，《中國時報》。

三　資料參考洪肇君著〈魚群不怕人的桃花源——山美村〉一文，《聯合報》。

第2輯

寶典10

用心

擦桌子的方法

美國某家著名的速食店招考店員，應考的第一個項目是擦桌子。

擦桌子？未免太簡單了吧！誰不會呀！大手一揮，三兩下就擦好了。

過了幾分鐘，老闆要他們看看自己剛擦過的桌面。大概水裡放了某種顯影液，擦過的痕跡清楚的浮現出來，只見每個人的桌面有如抽象畫一般。這是因爲大部分的人都把擦桌子當成微不足道的小事，漫不經心，隨意抹過，自以爲乾淨，卻留下許多角落和空隙。

而一張不乾淨的桌子，很可能影響上門的客人，對速食店來說，茲事體大，非同小可。原來，要把桌子擦得快而乾淨，也是有方法的。

這也讓我想到多年前看過的一段小新聞。一位在洗車場工作的年輕人發現，他每洗一輛車至少要花掉十分鐘時間，外加兩桶水，實在費工費時。因此，他研究了許久，發明一種特殊的折疊方式，可以將一塊抹布翻轉成三十二面，同時他也將一輛車畫分成三十二格，一面抹布擦一格，短短三分鐘擦完一輛車，眞是神乎其技！

你不能不承認這位年輕人是個有心人，同樣的，亞都麗緻飯店總裁嚴長壽先生也是位有心人。他的傳記《總裁獅子心》甫一推出就高居排行榜不下，至今兩年仍在熱賣中。

這本書之所以如此暢銷，除了闡述嚴先生的管理哲學及經營理念，引起企業界重視，以爲範本外，最吸引讀者的是他以高中學歷從運通公司的小弟，在短短五年內坐上了總經理寶座的傳奇故事。

嚴先生的成就多少證明學歷無用論，也帶給許多失學青年一個美麗的願景。

嚴長壽初進運通時，是個負責送電報的小弟。運通是家國際公司，業務涵蓋全球，每天從世界各地來的電報如雪片一般，必須分送到各個不同的部門，各個不同的部門又隨時有電報要發，往常的習慣都是隨到隨送、隨到隨發，他們這些小弟一趟一趟來來回回的疲於奔命。

這樣的作業方式行之有年，大家也不覺得有什麼不對，唯獨嚴長壽認爲許多事情不斷重複，既浪費時間，又消耗人力，於是，他把所有行經的路線重新規畫設計，每天定時定點收發電報，從此不但大大提高效率，而且也很少再發生因爲雜亂無章遺失電報的情況。

隨後，他又對公司的許多業務提出改革的意見，使得公司營運蒸蒸日上，從幾乎被撤裁一變爲運通全球最賺錢的分公司。

許多弊端，許多積習，爲什麼別的工作人員沒看見，單單嚴長壽注意到了?當然，或許他們也看見了，只是抱著因循苟且的心理，得過且過，反正同樣拿一份薪水，多一事不如少一事。

沒有傲人的學歷，就以加倍的努力來彌補，每天工作長達十幾小時，邊學邊做。這樣旺盛的進取心以及認眞的工作態度，使他每每遇到困難時，總要找出問題癥結之所在，再思改進之道。最後，公司獲得成長，他自己也有成就感。

從運通到亞都，一貫如此，他自己也說，他是一個「喜歡找問題，解決問題的人」。

八年前，我的髖骨大關節開刀，朋友推荐長庚醫院的骨科施俊雄主任。門診時，施主任看過我的X光片，當場訂下手術時間。

醫院通知我前一天下午一點報到。接著，我就像被送上工廠的輸送帶，順著次序一項一項檢查大小便、血壓、血液、心電圖、肺部X光……最後被送進病房。

晚上，主治醫師和麻醉醫師分別對我講解手術過程；臨睡前，護士小姐做好關節初步消毒。一夜安眠後，第二天一大清早七點就推進手術房。住院一星期，拜拜回家，眞箇是輕鬆愉快！

是年冬天，我因呼吸困難住進了另一家醫院。沒想到從檢查到最後下顎開刀，整整花了三個月時間，單單醫生會診就拖了一個月，排開刀日期又拖了一個月。期間病人身心所受到的折磨實非筆墨所能形容，至今回想仍餘悸猶存。

門診也是一樣。到長庚看病，醫生問診時，就順便把藥方打進電腦，直接輸入藥局，病人看完病，走到藥局時，藥已包好等著你，一手繳費一手拿藥。

而另一家則是病人必須自己拿著處方單，先排隊批價，再排隊繳費，接著再領藥牌，然後等著叫號拿藥。結果，看個病不過兩分鐘，拿個藥卻可能花一、兩個小時，遇到人多，簡直亂得像菜市場。

同樣是醫院，效率何以差異如此之大，明顯可以看出是管理層面的問題。王永慶被封爲「台灣經營之神」，絕不是沒有道理的。

王永慶從小家貧，只念到小學畢業，就到米店當學徒。同行競爭激烈，爲了多拉生意，他每次送米時，就從側面打聽，這家有多少人口，每月大約食用多少米，暗暗記下，估算對方的米約莫快吃完時，立刻補送上新米。

這樣的細心和主動積極的精神贏得客戶的好感，生意越做越大，一路發跡，終於成就了他的企業王國。

許多人常說，只要努力，就能成功。

這句話未必完全正確，努力固然重要，沒有計畫，不懂方法，很可能讓你白忙一場，徒勞無功。

如果努力之外，再加上用心，小則擦一張桌子，大則開創事業，你一定能看到付出之後的成果。

嚴長壽和王永慶的成功因素很多，但用心絕對是重要的條件之一。

寶典11 上進

蝴蝶與玩石

最近看了本好書《乞丐囝仔》，一邊看一邊嘆息，看到情緒激動時，還忍不住掉下淚來。

這眼淚，是憐惜，是同情，是感動，也是佩服。世上眞有遭遇如此坎坷悲慘的人嗎？父親是個瞎眼的乞丐，母親是個半路撿回來的智障女，作者一出生就注定是個「乞丐囝仔」。

剛會走路，第一件學會的事就是向人乞討。父母生了十二個孩子，其中殘的殘，小的小，絕大部分的重擔都落到他這個長子的身上。

為了乞討足夠的食物，風裡雨裡，跋涉一個村鎮又一個村鎮，翻過一個山頭又一個山頭，被狗咬，被警察追，被流氓欺凌；看人白眼，受人譏嘲，時不時還要被心情不好的父親毒打。

可是他始終沒有放棄讀書上進的機會，即便是晚上跟著父親到夜市「做生意」，仍然趴在昏暗的路燈下寫功課，一邊豎起耳朵隨時留意銅板落在小鐵盆的聲音，以便趕快磕頭謝謝大爺的賞賜。

如果他書念不好，絕對可以理解；如果他不學好，別人也大概認為是環境逼迫，然而，這個堅決不肯屈服的小孩，不但沒有走上歪路，而且每學期都是名列前茅，獎狀多到掛滿四壁。

「乞丐囝仔」不是沒有失望過，可是他沒有絕望；也不是沒有灰心過，可是他依然沒有放棄任何一個可以掙扎向上的機會。如今，他是一間公司的負責人，娶妻生子，有了自己的房子，總算苦盡甘來，這一路走來，步步都充滿高昂的鬥志和上進心，其中沒有一絲一毫僥倖的地方。

當許多年輕人把自己的墮落、不求長進歸咎命運、環境或家庭，為自己找尋許多藉口時，他們實在應該看看賴東進的故事。

前不久才獲得荷蘭克勞親王促進文化獎的蔡志忠，從小就是個漫畫迷，愛看漫畫，也愛信手塗鴉，立志要當一名職業漫畫家。

初二時，他覺得自己的個性實在不適合接受填鴨式的制式教育，決定輟學，一個人到台北闖天下。他告訴父親，父親當時正在看報，頭也不抬地問：

「要去台北做啥米？」

「當職業漫畫家！」

「找到工作嗎？」

「找到了。」

「好！」

父子倆簡短的對話決定了他一生要走的路。於是，他提了個小包袱搭火車北上，坐在車廂最後一個位子，望著窗外飛快移動的風景，彷彿聽到風的呼喊，讓他有種海闊天空的雄心壯志。

從那時起，蔡志忠不曾再接受過一天正規教育，可是反而給了他一個更寬廣的學習天地。他親口對我說，他讀過的書已經超過一萬冊。

一萬册？我大概估算一下，以他的年齡，至少一天半就得讀完一本書，怪不得他的學問如此淵博。蔡志忠發現現今的年輕人不讀古書，許多經典就此塵封，就把孔子、孟子、莊子的著作及思想以漫畫的形式表現出來；國人學英文常苦於記單字，他又發明了一種英文單字速記法。

從漫畫發展，他研究動畫，拍了中國電影史上第一部卡通劇情片。如今，他不單是漫畫家，他寫作、翻譯、多媒體的製作……他的成就獲得國際的肯定和推崇，而這一切全靠他旺盛的求知慾和一顆不懈怠的心。

我想起有著多樣才華和成就的藝術家鄧志浩的一句話：「人要如何保值？讓自己老了而不貶值，有更高的價值？只有不斷的學習，這是一生都不能停止的事。」

記得許多年前，一位伊甸寫作班的同學問我：「要寫到像劉姊這樣的程度，大概需要多少時間？」

「我是花了整整二十年，別人才知道杏林子這三個字！」

他「啊」了一聲，一臉的驚訝和不可置信。我想大概是嚇到他了，此後即少見他來上課，想必是覺得寫作太過艱難，因而放棄了吧！

另一位朋友更有趣，她平日也喜歡塗塗寫寫，總認爲自己寫得不夠好，有一日突發奇想，要求我爲她按手禱告，祈求上帝把我寫作的天分「過」一些給她。啼笑皆非之餘，實在很想告訴她，我沒有天分，只有努力！

我是個很愛唱歌的人，在伊甸基金會也成立了「喜樂四重唱」、「讚美三重唱」、「黑門熱門樂團」。孩子們常希望我寫些歌詞，給他們譜曲演唱。歌詞屬於文學創作的另一個領域，非我所熟悉，就在我獲得國家文藝獎後不久，看到中華文藝協會歌詞創作班招生，立刻報名參加。

沒想到第一天上課，就「嚇」到老師。第一排坐了個剛出爐的國家文藝獎得主，怎不令老師備感壓力。我只有趕快告訴老師，我得的不過是散文獎，在歌詞的創作方面，我是個正待學習的小學生。

也不知是否個性關係，我對許多新奇事物都抱有高度學習的興趣。二十年前，我的一本小書因原出版社業務問題停銷，因而被迫收回自印。從排版打字、接洽印刷廠、裝訂廠、封面分色燙金到印好後接洽總經銷、廣告宣傳，甚至批發到海外，找報關行等等大大小小的事全由我一手包辦，其中的繁瑣複雜實非外人所能想像，可是抱著一種學習的態度，樣樣都是學問，都是經驗。

說起來會氣死正牌出版社，我賣了三年書，銷了五十幾版，現在想起來還頗爲得意。

如果你認爲我還算好學，那麼比起下面這兩位人士，我還是小巫見大巫呢！俗話說「活到老，學到老」，其實還可以再加一句「學到老，學不了」。一位九十二歲的宋子厚老先生，經過四年苦讀，就在今年的六月，戴上他生平的第一頂方帽子。

宋老先生是位老榮民，曾經參與橫貫公路的開拓，他早年喪妻，獨自帶著五個子女，父兼母職。如今子女早已事業有成，他大可在家含飴弄孫，安享晚年，可是他卻喜歡不斷追求新知識。他說，學習讓他忘掉年齡，他還要繼續念下去。（註一）

另一位江燦騰先生也在同一時期拿到他的博士學位，江先生的身世更爲奇特。他只有小學畢業，做過工友、送貨員、水泥工，但他從未放棄讀書的念頭，靠著半工半讀，先後參加初、高中學歷檢定，接著考上大學夜間部，一路辛苦念到博士，他已五十四歲。

尤其令人可佩的是他重病在身，三年前罹患多發性骨髓癌，手術和化療使他不斷進出醫院，他的博士論文就是在病床旁寫出的。

到目前爲止，醫生亦沒有把握病的癒後率有多少，但對這位新科博士來說，人生就是一連串的學習和奮鬥。在奮鬥的過程中，從困境中所培養出來的自信、理性與豁達，幫助他度過一次又一次的難關，那是一種對自我的肯定與證明。（註二）

有時候我們是從學習中發覺樂趣，有時卻因嗜好引發學習的動機。

我想起侃弟念成功中學時，他的一位生物老師陳唯壽先生特別鍾愛蝴蝶，也喜歡收集蝴蝶標本。

當時的台灣有「蝴蝶王國」之美稱，不僅數量多，品種更冠於全球，蝴蝶標本的外銷也成爲外匯的收入之一，許多農村小孩課餘捕捉蝴蝶貼補家用的往事，想來一定記憶猶新。

陳老師一邊收集標本，一邊深入研究，並且將標本分門別類，整理建檔。三十餘年來，他不但成爲這方面的專家，他的研究成果更深受國際學術界的重視，人稱「蝴蝶先生」。

尤其難能可貴的是他把所有收集珍藏的蝴蝶標本全部捐贈出來，成立了一座蝴蝶博物館。

只不過昔日的「蝴蝶王國」因爲環境的污染，以及棲息地的被破壞，蝴蝶大量消失，許多珍貴的品種早已絕跡，幸虧還有這座博物館，多少可以讓現在的小孩想像一下，台灣也曾是一個蝴蝶翩翩的美麗之島。

我也想起另一位「玩石先生」黃大一。

黃大一是侃弟大學時的同學，雖不同系，卻同宿舍，同在一間教會聚會。有一次他來家中找侃弟，適逢侃弟不在，妹妹應的門。後來妹妹告知侃弟有同學找他，卻一時記不起對方姓名，只形容是個「矮子戴眼鏡」，爲此，黃大一曾被他們那夥同學糗了好久。

黃大一服完兵役後即赴美深造，取得化學博士學位，在美國奧勒岡州的環保局工作五年，隨後又因爲對電腦的興趣，自行研究開發「大一中文輸入法」、「符式中文電腦語言」、「中文碼的整合」……成爲傑出的電腦專家。

一九七三年，黃大一在一次偶然的機會裡，參觀美國波特蘭一年一度的聯合石頭

展，看到五花八門、各式各樣的石頭，一見鍾情，從此入迷。

回國定居後，他把對石頭的愛好推而廣之，和同好組成「玩石家協會」，定期出版刊物。他們的玩石，並非傳統以奇石、異石、雅石的觀賞爲主，而是兼具教育性與趣味性，不只是欣賞石頭，而且要了解它的年代、歷史、特性。他認爲每一塊礦石都是一個自成的宇宙，有無窮的內涵值得挖掘和探討。

每逢假日，就看到黃大一帶領了一大群同好，從南到北、上山下海的採集石頭，不但「玩物」，而且「養志」，順帶鍛鍊身體。（註三）

玩石頭也能玩出名堂，玩出學問，玩成專家。自己玩得高興，別人也高興，這才眞正是寓教於樂，令人好生羨慕！

或許是現今塡鴨式的教育方式，在孩子的學習過程中，給予太多的轄制和壓力，以至於失去學習的樂趣，許多年輕人在離開學校後，從此再也不摸書本，不僅如此，甚至連進取的心也沒有了，每日渾渾噩噩，得過且過。

另一方面，五花八門、光怪陸離的社會又充滿各種誘因，多少人追求感官上的刺激，沉溺在名利與情慾的追逐中，造成思想貧乏，心靈空虛，這就是爲什麼越來越多的人不滿足不快樂的原因。

我花了這麼多篇幅，無非是想提醒年輕人，生命的豐富多采在於我們永不停歇的學習，世界之大，各類知識浩瀚如海，有心上進，不怕沒有可學的東西。學習，不一定是爲了得一個學位，或是達到某種目的，學習也無分時間、地點、年齡，只要你喜歡，隨時都可以學，天地萬物都是你的老師。

我們從學習中有所獲得，生命得以長進，生活充實，心靈也得到無比的豐潤和喜悅。

註

一　取材林榮著〈戴方帽，九十二歲不嫌晚〉一文，《聯合報》。

二　取材曹銘宗著〈從工人到博士，江燦騰拚出人生〉一文，《聯合報》。

三　部分資料取材劉憶雯著〈頑石本色〉一文，《中央日報》。

寶典12 勇氣

從玩蛇開始

我從小是個膽小鬼。怕黑怕鬼，怕各樣小動物，連毛絨絨的小鷄，同伴說可愛死了，我卻碰也不敢碰。奇怪的是，我唯一不怕的就是人。

任何陌生人，不論生性古怪，或是長相奇特的，我都有辦法和他們搭訕、聊天，甚至交上朋友。我是天生的「毛遂」。

主要的原因，我想大概是因爲父親總喜歡帶著我四處炫耀，經常和許多不認識的人接觸，自然而然喜歡和人親近。

並不是每個人都有這種「恩賜」。我想起作家劉墉在他的文章裡提到如何訓練他的兒子劉軒。

劉墉一家移民美國時，劉軒初上小學，陌生的環境，加上所懂的英文有限，使他的個性十分畏怯。有一天，劉墉帶他去看電影，看見賣冰淇淋的車子，劉軒想吃，劉墉明知他膽小，卻偏要說：

「想吃的話，自己去買！」

劉軒不敢，央求了半天，劉墉不為所動。最後，大概冰淇淋的誘惑實在太大了，小人兒終於鼓足了勇氣走過去，結結巴巴的跟老闆開口，總算如願以償的買到了。

這之後，劉墉就經常使用這一招。一家出外旅遊時，往往都是兒子安排行程，訂旅館、機票等等，一個原本內向羞澀的孩子因此被訓練得獨立而能幹。到今天，不但擁有自己的音樂工作室，而且還寫書、編雜誌、四處演講。

小孩子怕生，可以理解，但提起蛇，恐怕大人、小孩無人不怕吧！

猶記得伊甸基金會剛創辦時，我們和屏東的勝利之家聯合為殘障朋友舉辦「大山營」、「大海營」、「大野營」一系列戶外活動。

其中「大野營」是訓練殘障朋友野外求生的技能，中間有一項就是抓蛇。營長——也是舍弟劉侃不知從哪裡搞來好幾條大大小小的蛇，別說用手去抓，光是看都讓人頭皮發麻。

教練舉起蛇，教導營友如何抓住蛇頭，如何把蛇纏在身上。一大群學生加義工你推我讓，誰也不敢嘗試。鼓勵再三，總算有那膽大的願意帶頭一試，只要有人領先，年輕人的好勝心就被激出來，因爲誰也不願被譏爲膽小鬼。

不過，還是有少數幾位死也不肯碰蛇，包括作家樸月。樸月和我認識二十多年，情同手足，和我們一家老少三代都熟，侃弟見她怕蛇怕到如此地步，性好戲謔的他一見有機可趁，沒事就抓條蛇在她眼前晃，故意激她：

「怎麼樣，要不要玩一下？」

樸月又氣又怕，卻又無可奈何，偏偏侃弟不放過她，不時捉弄一番。樸月暗想，今日要闖不過這一關，落下話柄，這以後豈不永無寧日？一咬牙，乾脆豁出去了，等到眞的接過蛇來，這才發現蛇並沒有想像中那麼可怕。滑滑軟軟，凊凊涼涼，溫溫馴馴，纏在脖子上簡直就像條大圍巾。

隨後的幾日，就經常看到樸月身上纏著幾條蛇，神色自若的在營區四處走動，還特別照了張「蛇蠍美人」的照片送我，以資證明。

永健是我伊甸基金會的同事，他原是某知名房屋仲介公司的副總，因爲見多了商場的爾虞我詐，酒色財氣，希望過點單純的生活，因而辭去工作，來到伊甸。

永健也曾有過一段年少輕狂、放蕩不羈的歲月。跑過船，賣過化粧品，開過工廠……到最後生意失敗，不但所有的積蓄，包括父親的退休金全賠得一乾二淨之外，還欠下一大筆債務。

已經不再年輕，又無專業背景，合適的工作實在有限，而上有高堂，下有妻兒，經濟的壓力不容他逃避，最後，他決定到房屋仲介公司試試運氣，至少年薪百萬的廣告詞頗具吸引力。

隔行如隔山，買賣房屋對他來說是個全新的領域，他從一名業務員做起，沒有薪水，只有業績獎金。

三天職前訓練，公司只教他們洽談交易時的注意事項，如何開發市場、接案子卻無人告訴他，只好自己摸索。他用了一種最直接的方式，挨家挨戶的按門鈴，爲了想博個好采頭，他鎖定和平東路的成功國宅做爲他初試身手的目標，希望一舉成功。

兩棟大樓，總共一百多戶，一時不知從何按起？從來沒有按過陌生人的電鈴，萬一碰了釘子呢？萬一有人罵他，甚至懷疑他是闖空門的竊賊呢？按了兩、三個門鈴後，手軟得再也按不下去。

沮喪的坐在路旁的石階上，思前想後。家中獨子的他，飽受父母呵護，一向心高氣傲，從不曾向人低過頭，更不曾開口求人，如今……雖說職業無貴賤，但那種一再被拒絕的滋味，令他深感挫折和心酸。

太陽漸漸西斜，也不知坐了多久，他必須做個決定，他很清楚此刻正是他一生最重要的關卡，如果不能突破，這輩子永遠都不可能出人頭地，成功與失敗都在他一念之間。

一百多戶門鈴，每一個按下去彷彿都有千鈞之重，可是他還是強迫自己完成目標。雖然出師不利，「成功國宅」一點也不「成功」，不但一筆生意都沒拉到，而且自尊心還飽受傷害，但他卻有種通過考驗的解脫和欣慰。

根據永健自己的說法，從此「膽子越來越大，臉皮越來越厚」。三個月後，他順利的賣出一棟標價四千五百萬的房子，足足領了一百多萬業績獎金。

兩年後，他升任北區副總經理，年薪近千萬。

每個人一生中，都有膽小懼怕的時刻。怕黑怕鬼，怕老怕死，怕孤單寂寞，怕陌生的環境，怕沒有人愛……其實，絕大部分的懼怕都來自心理的障礙，問題是我們不敢面對，一味採取逃避的方式，最後終於成爲內心不能碰觸的禁忌。

每一個階段的人生，都有不同的挑戰，沒有誰是天生的勇者，我們都是一邊摸索一邊學習，努力克服橫亙在眼前一個又一個的難關，帶著傷痕眼淚，爲自己加油打氣！

信心是站起來的力量，勇氣是跨出去的力量。最難的是第一步，一步之後，柳暗花明，天地豁然開朗。

寶典13 信心

到哪裡找帥哥

一年多前，由交通大學女生在網路上寫的一首歌「交大無帥哥」，轟動了各大院校，年輕學子紛紛上網討論。

這首歌詞把交大男生形容得頗爲不堪，自然引起交大男生激烈反應。有的男生以毒攻毒，寫了首「交大有恐龍」還擊，甚至還有人戲謔的說，江澤民也是交大校友，會不會聽了不高興，一怒攻台？

針對這些沸沸湯湯，交大的男生乾脆在校園裡舉辦一場「帥哥選拔」，以資證明自己既帥又有才華，轟轟烈烈好不熱鬧。

問這些大男生到底什麼是帥呢？眾說紛紜中，我倒很欣賞其中一位說的「大學生要多讀書，就會有自信，就會帥。」他認爲帥的定義就是自信。

的確，即便一個人的五官不是那麼出眾，但只要對自己有信心，臉上自然有一種煥發的神采，引人注目。

當然，讀書和信心未必成正比，主要的還在乎你對自己認識的有多少。

朋友公司裡一位員工的孩子十年前車禍受傷，頸椎以下全身癱瘓，因爲是中途致殘，心理上的衝擊特別大，到現在還欲振乏力，朋友希望我幫忙開導。

我和這位年輕人談了幾次，發現他最大的問題就是沒信心。他不知道自己要做什麼，也不知能做什麼。

他曾嘗試寫作，寫了兩篇都被退稿，就灰心放棄，學畫也是一樣，由於需要以口銜筆，難度較高，畫不到兩次，頹然而廢。

一次又一次的失敗，更打擊了他的信心。父母看到他的委頓，難免心焦，他一方面對父母深感愧疚，一方面對自己的無能失望，種種壓力不時造成情緒不穩，多少影響家庭氣氛。

我以自己的經驗提供他參考。先找出自己的興趣，以及客觀環境所能提供的配合條件，選定一個目標，持之以恆的努力，假以時日，一定能有所表現。

最重要的是學習的過程中，不要因爲一時的挫折就輕易放棄，我也是努力了二十年才敢說自己是個作家。

我建議他給自己擬定一個短、中、長程計畫，按部就班，一步步達成目標，信心很快就會建立起來。

我也想起另一個大孩子。

一九九二年，我的兩側髖骨關節及下顎關節發生嚴重病變，前後三次大手術，幾乎一整年的時間都在醫院度過。

父親過世未久，心情原本不佳，加上身體的狀況彷彿一夜之間突然變得千瘡百孔、連修補都來不及似的，情緒更是跌到谷底，甚至對母親說出洩氣的話。

「我太累了，我不想玩了！」

有天午后，病房突然來了位年輕人，一進門就衝著我親熱的喊「劉姊」，見我一臉愕然，他趕快自我介紹：

「我是×××，以前是伊甸的學生，您忘了嗎？」

我從小記性不好，伊甸的學生又那麼多，怎麼可能個個記住。不過既然是學生，免不了問問他的近況，倒是這一問引出了他的故事。

他是位中度肢障者，高中畢業後幾次聯考失敗，那時社會對身心障礙者仍有著相當程度的排斥，尋找工作處處碰壁，親友紛紛建議應該學點手藝，諸如修理鐘錶、刻圖章等等，但他志不在此，總覺得自己應該有更大的發揮空間。

無奈現實環境使他猶如一隻關在籠中的獸，家人的不諒解更加深了他的焦慮和惶恐，有一度他簡直有活不下去的感覺。

正好此時，他看到電視台訪問我，知道伊甸電腦程設班正在招生，立刻報名參加，經過一年紮實訓練後輔導就業，在某家公司擔任電腦程設師。

「劉姊，你知道嗎？那種感覺是完全不一樣的。」他滔滔不絕地說：「以前不要說家人看不起我，連我也看不起自己，自卑的像隻不敢見天日的小老鼠，可是現在，我穿起西裝，打起領帶，人人尊稱我一句×工程師，我發現我也可以抬頭挺胸，活得像一個人……」

上班之後，他體會書到用時方恨少，他所知的仍然有限，於是發憤讀書，考上了公司附近的一家工專夜校，並且計畫畢業後繼續深造。

看到報上我生病住院的消息，特別趕來看我，主要是想對我說聲謝謝，謝謝伊甸對他的栽培，讓他有機會可以站起來。

我也含笑謝謝他，他一定不知道，他的話對當時的我是多麼大的安慰和鼓舞。上帝在我最軟弱的時候，派了位天使給我打氣，免得我被自己的小信打敗。

有時候一個人已經功成名就了，突然之間要他放棄所有，從零開始，恐怕不是每個人都能做到的，除非他對自己有絕對的信心。

提到鄧志浩這三個字，許多朋友一定耳熟能詳，早年他是民歌手，後來創設九歌兒童劇團。

認識志浩的時候，他還是個上初中的大孩子，和他的哥哥鄧志鴻經常在我們家吃飯聊天，談他們的夢想。志浩能畫、能唱，也能作曲塡詞，他還有項嗜好，喜歡設計、縫製布娃娃，那時就已顯露出他洋溢的才華。

從鄉音三重唱到九歌兒童劇團，一步步把他推上成功的高峰，特別是在推動兒童戲劇創作表演上，他可說是一位承先啓後的先驅者。他的成就不單在國內受到肯定，也是繼雲門舞集、蘭陽舞蹈團等之後，少數爲國際人士推崇的台灣藝術團體。

只是志浩越來越發現，繁重的行政工作以及爲劇團募款的壓力，幾乎完全扼殺了他的創作空間，加上多少有些「玉宇瓊樓，高處不勝寒」，他開始有了急流勇退的念頭。

他選擇遠走海外，一個完全陌生的地方。沒有積蓄，沒有工作，尚且攜家帶眷，但他相信，以他的經驗和能力，還有一顆肯學習的心，不致讓他流落異鄉。

他不但重拾畫筆，也嘗試木工創作，從最簡單的相框花瓶到大型桌椅櫥櫃，每件作品都根據木頭本身的形狀和紋路來決定它的設計與功能，完全展現了志浩個人的風格和創意。

日子仍然過得淸苦，可是心靈卻獲得無比的釋放與自由。他說：「因爲不斷的學習新東西，讓我感到生活充滿趣味與可能，同時更對自己的潛能充滿了信心！」

我常想，一個人可以從有到無，再從無到有，到底憑藉的是什麼呢？

有的人再大的打擊也能屢敗屢戰，有的人卻一遇挫折就一蹶不振，其間的差異又在哪裡呢？

無非就是信心。

信心，是一種對自我的認識和肯定。

很多時候因爲我們對自己的不了解，加上來自四周一些負面的評語，以致對自己產生懷疑和否定，或是好高騖遠，目標定得太高，結果達不到而灰心喪志。

其實，每個人的資質不同，成長背景不同，不可能同在一個起跑點，我們也無需和別人比較。我始終相信天生我材必有用，也始終相信天無絕人之路。找出自己的優點和長處，好好加以發揮，當然，多讀書，充實自己，絕對有助於信心的建立。

信心的培養猶如嬰兒學步，如果害怕跌倒，就永遠學不會走路；反之，尚未站穩就要學跑，肯定是會失望的。

勇於嘗試，不怕失敗，不輕易放棄，也不輕易否定自己，信心也是需要經過磨練的。

豁達

只要活著，就有希望

四十餘年前，初搬到台北時，我們住的是國防部的眷舍。一排六戶房子全都是兩房一廳的格式，由於屋簷太短，每逢下雨，就會濺到屋內，再加沒有晾衣服的地方，父母決定搭座雨棚，隔壁曾家也正有此意，於是兩家聯合搭了座鐵皮雨棚，一遇大雨侵襲，簡直如千軍萬馬奔騰。

有一年，強烈颱風過境，風急雨驟，一家人關緊門窗，只聽屋外狂風怒號，門窗嘎嘎作響，眞是恐怖的一夜。

睡夢中，忽然「轟」的一聲巨響，把大家嚇醒，又不敢隨便開門出去觀望，直到

第二天清晨，才發現前院的雨棚整個被強風吹倒了。

父親僅穿了條短褲，打著赤膊站在滿目瘡痍的院子中，看著四分五裂的雨棚，哈哈大笑說：

「好啊！舊的不去，新的不來！」

父親以一個上校軍官，要養活五個孩子，其中尙有一個重病在身，家計之重使得他往往五毛、一塊都要仔細盤算，也常被孩子們譏笑爲小器的老爸。可是那天，我見識到父親豪邁不羈的一面，這才是他眞正的本性，只不過平日被生活的重擔壓抑而隱蔽未現。

類似的故事讓我想起愛迪生。

愛迪生是美國最偉大的發明家之一，他發明的電燈、留聲機、炭粒話筒、電影放映機……總共獲得一千多項專利，世稱「發明大王」。

愛迪生並未接受過正規教育，除了他的發明天分外，他也很有商業頭腦和組織力。他很了解一個人的智能有限，必須結合其他專業人才，才能發揮「衆志成城」的效果。

一八七六年，他設置了第一間實驗室，由他分派任務，共同就一個項目研究。他的做法開啓了工業實驗室的先峰，此後即爲歐美各國政府及企業體所仿效。

有一年，實驗室因化學爆炸引起大火，當別人趕著救火時，他卻是跑回家把太太拖來看：

「親愛的，趕快來看，這是你畢生僅見的一場大火！」

大火尚未熄滅，愛迪生已開始籌畫新的實驗室，至於燒毀的那些資料，他聳聳肩說：

「反正一大半的實驗都證明是錯誤的，燒掉正好，可以重新再來！」

我不相信愛迪生一點都不心疼他的心血一夜之間化爲烏有，而是認爲與其在那裡搥胸頓足，痛哭流涕，不如趕快收拾心情，重新開始。（註一）

我發現很多成功人士都有一個共同特徵，每每遇到挫折打擊時，他們很少回頭看，也不把自己陷於懊惱悔恨的泥沼中。

凡是讀過徐志摩的詩集、傳記、他的《愛眉小札》，以及最近風靡一時的電視連續劇「人間四月天」，對徐志摩與三位女主角之間的愛恨情仇一定留下深刻印象。

他對林徽音的一往情深，他對陸小曼的癡情迷戀，唯獨對自己的結髮妻子張幼儀不僅冷漠，而且近乎冷酷。

很難讓人想像，當張幼儀千里迢迢遠赴德國依親，人地生疏，言語不通，加以身懷六甲，在這種情況下，一向給人感情豐富、好交朋友的徐志摩竟然棄糟糠如敝屣。

不過，張幼儀是個很有骨氣的人，她並未如同傳統女性那樣一哭、二鬧、三上吊。反倒是徐志摩的態度令她自覺，俗話說「丈夫大於天」，既然這個「天」都靠不住了，她決定靠自己。

獨自生下孩子後，她開始補習德文，並且申請到裴斯塔洛齊學院就讀，念的是幼稚教育。

留學五年，她成為一位堅強而獨立的女性。她自己承認，她的一生分為兩個階段，去德國之前，她什麼都怕；去德國之後，她一無所懼。

回國後，張幼儀先後擔任上海女子商業儲蓄銀行副總裁、雲裳公司總經理，精明幹練。倒是徐志摩與陸小曼結婚後，兩人均不善理財，經常寅吃卯糧，反而不時開口向她周轉，她也從不拒絕，這樣的胸襟器度當眞要讓許多大男人都羞愧不已。（註二）

在台灣，提起「強制汽車責任險」，許多人一定忘不了柯媽媽！

柯媽媽蔡玉瓊女士原本是個平凡的家庭主婦，生活裡只有丈夫和孩子，一家五口過著平淡和樂的日子，沒想到就在一九八九年六月二十八日這一天，青天一聲霹靂，她的愛子柯重宇在放學回家的路上被一輛聯結車撞倒，當場死亡。

柯重宇是柯媽媽的長子，從小聰明懂事，書又念得好，當時他已經是東海大學企管研究所的學生，可以想像他的死亡對柯家二老是個多麼難以承受的打擊。

尤其可惡的是肇事司機非但沒有悔意，反而狂妄地說：「十個、八個都在壓了，一個算什麼！」

喪失親人的痛苦，加上肇事者逃避責任，使得許多受難者家屬非但求償無門，而且受到再次傷害。柯媽媽不知哪裡來的勇氣，只知道要爲兒子討回公道，於是聯合了其他車禍受難者家屬組成「救援協會」，積極推動「強制汽車責任險」的立法。

人人都知道第三責任險的重要，可是這其中牽涉到運輸業與保險業等利益團體，國會民代往往受其利用，以致推動的過程中，處處窒礙難行。

柯媽媽和其他的家屬們一趟趟往行政院、立法院跑，拜會相關人士，舉辦公聽會，應邀到各大媒體闡述此一法案對保障人民權益之重要性。

前後歷經八年，他們鍥而不捨的請願、抗爭，也受盡各樣的侮辱、譏嘲，甚至來自黑道的威脅。這期間，柯媽媽也曾兩次在立法院門前絕食抗議，最後總算獲得法案的通過。

誰能想到一個沒有受過多少教育、平凡的家庭主婦，竟然成爲精通法條、侃侃而言的鬥士。柯媽媽說，多少次她感到灰心失望，甚至想要放棄，但冥冥中彷彿是愛兒給了她鼓勵和支持的力量。

如今她功成身退，重又回到她與世無爭的居家歲月，目前已經戴起老花眼鏡的她，正在念國中補校，她打算有朝一日念完研究所，完成兒子未了的心願……（註三）

在柯媽媽歷時八年的抗爭請願活動中，媒體發揮了極大的影響力。

的確，一位好的媒體工作者，不僅滿足閱聽者知的權益，也應是社會公義眞理的代言人，老報人陸鏗先生就是這樣的一個人。

早年陸先生在擔任《中央日報》副總編輯兼採訪主任時，曾因揭發蔣家姻親的貪污案而不容於國民黨。

之後，改朝換代，他又因身分特殊敏感，而被中共關入大牢，這一關就是二十二年。

二十二年中，他遭受嚴刑拷打、勞動改造，以及關進死牢面臨隨時被拖出去槍斃的威脅，可是陸先生一再提醒自己：「絕對不准自殺，任何情況下都要活下去。」「在永保樂觀，拒絕死亡的策略下，陸鏗學會自得其樂，適應環境。」有一度，他曾被單獨囚禁，沒有報紙書籍可看，就連講話唱歌都不准許，在這種極度封閉幾乎令人發瘋的情況下，陸鏗還是想到了娛樂自己的方法。

當時，他每天有二十分鐘時間放封，倒馬桶，順便曬個小太陽，每每在這個時候，他會忍不住抱著他的馬桶跳舞，小小陶醉一下。

外人恐怕很難了解是什麼塑造了他堅毅不屈、豁朗達觀的個性，陸鏗則認爲這全是拜苦難所賜，當一個人「抬頭看雖已無路可走，但只要發揮韌力活下去，總會發現別有天地。」」（**註四**）

他說，只要活著，就有希望。

我極喜愛這句話。的確，生命中到底有什麼是過不去的呢？災難已經發生了，婚姻已經破碎了，親人已經離世了，最壞的厄運也不過如此，還能怎樣呢？

命運儘管以諸多苦難擊打我們，然而，我們有權不受其擺布，有權活得理直氣壯、開朗豁達。

沒錯，只要活著，就有希望。

註

一　部分資料參考《大英百科全書》。

二　取材張邦梅著《小腳與西服》一書，智庫文化出版。

三　取材楊明著《無私的愛——柯媽媽的故事》一書，《中央日報》出版。

四　取材李瑟著〈只要活著，就有希望〉一文，《天下康健雜誌》。

寶典15 幽默

看誰在說話

不久前，美國總統柯林頓在他卸職前最後的一場記者招待會上，放映了一部他自編、自導、自演的短片。

短片的內容描述的是他卸職後的居家生活。他成了希拉蕊的「賢內助」，舉凡洗衣、燒飯、剪草、餵狗……樣樣包辦。由於手法誇張，內容詼諧有趣，引得記者們爆笑不已！

當記者們問到他最後的感言時，他語帶玄機地說：「我敢肯定的說，新任總統上台後，你們必然會寂寞很多。」

記者們當然聽出他弦外之音，心照不宣的放聲大笑！

兩年前，柯林頓的性醜聞案弄得這位堂堂世界第一強國大總統灰頭土臉，不但被在野黨攻擊得體無完膚，更成爲媒體炒作的目標，各種腥羶八卦紛紛出籠，可憐的柯林頓被羞辱的毫無招架之力。好在這人調適的也快，事過境遷後，竟以此消遣自己，幽了自己一默！

其實，我倒蠻喜歡柯林頓的。姑且不論政績，至少他那張笑臉比起卡特、布希的一臉苦瓜相看起來舒坦愉快多了。

我也蠻喜歡雷根的。雷根就任總統後不久遇刺，子彈貫穿肺部，造成內部大出血，傷勢嚴重，需動緊急手術。

因有甘迺迪總統被刺的前車之鑑，此時，美國已進入高度戒備狀態，他的醫療小組承受了極大的壓力，爲了緩和緊張氣氛，安撫醫護人員的情緒，雷根故意問：

「你們該不是民主黨員吧！」

雷根是共和黨員，免不了以此作文章。而他的幽默也讓爲他憂心不已的老百姓大大鬆了一口氣。事後，據爲他動刀的醫生們說，其實那正是攸關生命最危急的時刻。

雷根臨危不亂的鎮定和勇氣，給美國百姓留下深刻印象。

出院後，記者們要他談談對兇手的看法，他竟說：「我需要他賠我一套新西裝！」

從新西裝聯想到我國前故總統嚴家淦先生的一段趣聞。

有一次，他在圓山飯店宴請外賓，新來的侍者不慎把一盆湯打翻在他身上，侍者固然嚇得臉色發青，呆立一旁，領班也緊張的趕過來，一邊為他拭擦身上的湯漬，一邊連聲道歉。嚴故總統的涵養極佳，非但未生氣，反而笑著說：

「我一直想買套新西裝，太太都不准，這下總算有理由了。」

嚴故總統的幽默與風趣不但化解了尷尬的場面，也舒緩了侍者的緊張和不安，贏得了滿堂采。

無獨有偶，雷同的故事也發生在美國前故總統艾森豪身上。

有一年，艾森豪到巴黎參加國際高峰會議，法國總統戴高樂以國宴款待。席間，同樣有位年輕的侍者上菜時不慎將湯汁濺潑到艾森豪著名的禿頭上。在國際禮儀中，這是非常嚴重的失禮和失誤，連戴高樂都當場楞住，侍者更是嚇得渾身發抖，艾森豪不愧身經百戰，懂得化危機為轉機，他指著自己童山濯濯的禿頭，笑嘻嘻地問侍者：「我試過不少生髮藥水，均不見效，你認為這種方法會比較有效嗎？」輕描淡寫的一句話，滿天風雲立刻煙消雲散，也讓法國佬見識到美國人開朗幽默的一面。

提到禿頭，恐怕是許多男人的夢魘，護髮之切不下於女性同胞護臉護膚，因而也流傳了許多有關禿頭的笑話。

前外交部長胡志強先生也是「禿髮族」，他很喜歡拿自己的禿頭開玩笑。在胡先生擔任新聞局長任內時，認了一位患有先天性心臟病的小孩做義子，原因是小孩的父母恐怕孩子命薄福淺，難以長大，如果能夠認在貴人名下，或許能替孩子增添福澤。

大概胡先生在所有的政府官員內，是最能展現親和力的一位，因而找上了他。而胡先生也本著「助人為快樂之本」的原則，欣然同意。

不過，由於這位義父公務繁忙，加以孩子住在中部，平日難得見面，孩子只能從螢光幕上認識他，指著他叫「爸爸」。

不料半路殺出個程咬金。有次胡志強和記者聊天時，悻悻地說：「有一天小孩竟然指著章孝嚴也叫爸爸，太不給我面子了。」

原來，章孝嚴和他有志一同，都是「禿髮族」。

基本上中國人是個不大有幽默感的民族，尤其政府官員呆板乏味者比比皆是，難得胡志強是例外的一個。看了鄭麗園寫的《Hu's Talking》，即可見識到胡部長功力之高深。

正因如此，連記者也膽敢拿他的禿頭作文章，打趣他說：「部長應該戴頂假髮，但要報公帳，因爲這是執行公務！」

據說禿頭大部分來自遺傳，不知胡志強的兒子是否會擔心？

慈濟醫院的賴其萬院長在他的新書《當醫生遇見 Siki》坦承，他從小調皮搗蛋，經常拿他老爸的禿頭開玩笑，有一次他老爸實在拿他沒辦法，就無奈地說：

「你是我的兒子，有我的遺傳，你到了我的年紀就會知道。」

結果被他老爸不幸而言中。最近十年來，他頂上的毛髮隨著年齡日益稀疏，現在輪到他的兒子不時調侃他，他只有笑在臉上，苦在心裡，然後回敬一句當年老爸對他的恫嚇，也算是一報還一報。

我倒聽來一個有關禿髮的說法，希望稍稍安慰這些無「髮」之輩受傷的心。據說，上帝當初在造人時，頭型最難塑造，難得有幾個完美無缺的，於是祂乾脆把其他的都用頭髮遮蓋起來。

教會的范大陵長老則每提到自己的禿頭時，就誇稱自己是「聰明絕頂」。

畢竟，頭皮以內的東西要比頭皮以外的重要多了，這方面，英國前首相邱吉爾不愧是其中佼佼者。

某次，邱吉爾到議會備詢，一位議員大放厥辭，夸夸而言，邱吉爾很不以爲然，忍不住大搖其頭，議員見狀，怒氣沖沖地說：

「邱吉爾先生，我只是在發表我自己的意見！」

邱吉爾慢條斯理地說：「閣下，我也只是在搖我自己的頭而已！」

比起邱吉爾的紳士作風，蕭伯納就表現得略顯刻薄了。

美國現代舞的先驅者鄧肯女士十分仰慕大文豪蕭伯納，曾主動追求他說：「倘若我們結婚，生下的孩子有你的頭腦和我的美貌，豈不是太完美了！」

沒想到蕭翁竟回答說：「倘若正好相反，有你的頭腦和我的容貌，豈不糟糕！」

其實，鄧肯不但具有極高的藝術成就，而且才貌雙全，蕭伯納未免自視過高，失了風度。

幽默，是生活藝術，也是人際關係的潤滑劑。

在許多緊張、尷尬、對峙的場合中，適時一句幽默的話語，往往可以轉圜氣氛，化干戈爲玉帛。

幽默代表一種寬厚的胸襟和氣度，所以刻薄、諷刺、挖苦絕對不是幽默。

幽默也代表一種人生的修養和境界，其中包含智慧、見識、機智、自信，以及人情世故的練達與圓融。好的幽默，通常點到爲止，留下餘韻，供人玩味，絕非一般插科打諢者可媲美。

要幽默別人時，記得先看對象，以免引起不必要的誤會，特別是中國人的民族性一向較爲嚴肅保守，說得不好，可能弄巧成拙。最保險的方法是以自己做爲消遣的對象，人人都有看別人笑話的癖性，最後一定是皆大歡喜。柯林頓即是箇中高手。

懂得幽默的人，一定有很多朋友，誰都喜歡一個曠達樂觀的人。的確，和這樣的人相處起來，聽他談笑風生，語出珠璣，眞有如沐春風的快感！

乘著夢想的翅膀飛翔

是誰說過，人類因夢想而偉大，因夢想而不凡。

古今中外，多少人爲了追尋夢想、實踐夢想付出他們一生的歲月，甚至粉身碎骨亦在所不惜。

前行政院長唐飛先生在組閣之前是國防部長；再之前，他是由飛行員一路扶搖直上的空軍總司令。

唐飛曾自豪地說，他駕駛戰鬥機的時數創下空軍史上的紀錄，至今無人打破。據說，每次一有新的機種，他都搶著試飛，即使部屬一再攔阻，也不能改變他想飛的欲

望。

　　唐飛，到底是因為他愛飛，才取名飛；還是因為取名飛才愛飛？總之，他從小就夢想做一位飛將軍，捍衛祖國的領空。

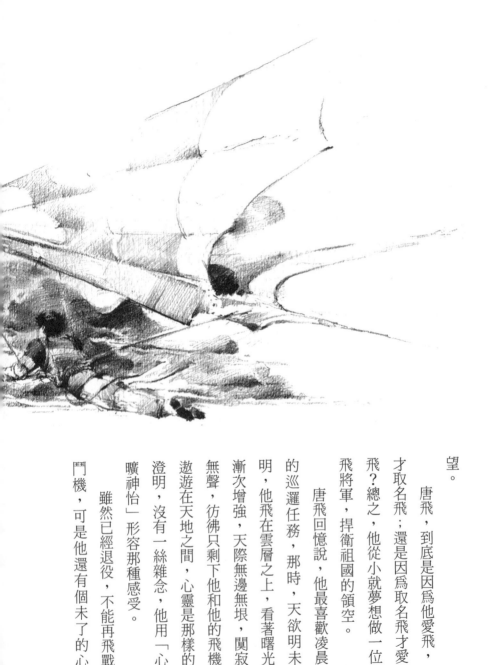

　　唐飛回憶說，他最喜歡凌晨的巡邏任務，那時，天欲明未明，他飛在雲層之上，看著曙光漸次增強，天際無邊無垠，闃寂無聲，彷彿只剩下他和他的飛機遨遊在天地之間，心靈是那樣的澄明，沒有一絲雜念，他用「心曠神怡」形容那種感受。

　　雖然已經退役，不能再飛戰鬥機，可是他還有個未了的心

願，那就是卸下閣揆後，他要去試飛滑翔翼，每次看到年輕人玩得興高采烈，他就羨慕不已。不過這點，恐怕得先取得老伴的同意才成。（註一）

北極在十九世紀之前，一直是塊神祕、杳無人煙的處女地，也是許多探險家亟亟一窺的夢土。

一八八六年，美國海軍上校羅伯・皮里和他的助手馬特・亨森第一次從迪斯科灣穿過格陵蘭冰蓋，深入內陸一百英里。

馬特・亨森是名黑人，從小喪親，十二歲就在船上當侍者，同樣對探險著迷，聽到皮里探險北極的計畫，自願擔任皮里的僕從，後來成為他的得力助手。

他們的探險隊前後六次從不同的路線向北極點挺進，終因北極酷寒，不可捉摸的天氣變化，補給的困難，無功而返。

為了探險，皮里曾跌斷腿，並因凍傷失去八個腳趾頭，也因長年在外，冷落妻兒，影響到家庭生活，可是依然不肯放棄他要征服北極的夢想。

一九〇八年，五十二歲的皮里第七次和亨森探險北極，這次他們從埃爾斯米爾島出發，終於在次年成功的抵達北極點。

在「雪地悍將」這部傳記影片中，曾描述一段有關人性掙扎的小插曲。就在他們即將抵達極點前一夜，此時只剩下皮里、亨森和四名愛斯基摩人，皮里突然起了私心，他要求亨森留下，第二天由他獨自完成最後的一段行程，因為他要成為歷史上第一個抵達北極的人。他對亨森說：

「這是我一生的夢想，我已老了，以後不可能再有機會了。」

誰知皮里因為過於疲勞，熟睡不醒，等他再張開眼睛時，發現亨森已經出發了。皮里一路又急又怒的追趕，沒想到亨森卻在半路等他。亨森說：

「這雖然是你的夢想，卻也是我的夢想！」

最後兩人一起登臨北極點，亨森親手插上美國國旗。回國後，皮里受到英雄式的歡迎，而亨森卻因當時社會濃厚的種族歧視而被刻意漠視。直到亨森一九五五年逝世後始獲得平反，隨後美國將亨森的遺體遷至溫靈頓公墓安葬。

亨森曾於一九一二年著有《一個黑人探險家在北極》。（註二）

高銘和先生是一位山的癡迷者。

他愛登山，愛給山攝影，爬完了台灣百岳，他更大的目標是中國百岳，當然他的終極目標就是那座全世界登山愛好者夢寐以求的聖母峰。

爲了攀登聖母峰，他事先做了很多準備工作，包括先攀登美國阿拉斯加北美第一高峰，以做爲行前訓練。因爲這絕不像爬爬屋後小山那麼輕鬆愉快，高山上充滿不可預測的變化，一個不小心，非死即傷，唯其如此，才更挑戰登山者的智慧、毅力和勇氣。

一九九六年，高銘和與他兩位山友林道明、吳明忠一起向尼泊爾出發。五月十日，他終於攻頂成功，卻在下山時被暴風雪所困，直到第二天才獲救。

雖然撿回了一條命，但因鼻子和手腳嚴重凍傷，不得不手術切除，儘管付出如許之大的代價，高銘和卻毫無怨言，有機會親眼看到世界第一高峰的壯闊美麗，以及不可侵犯的神聖，深感不虛此生。（註二）

創辦伊甸基金會同樣也是我的夢想。

早在三十五年前，我和好友吳又熙一起參與台北傷殘服務中心的義工行列，當時一般人根本沒有社會福利的概念，從政府到民間，對殘障者仍然停留在施捨救濟的階段，許多機構都是掛羊頭賣狗肉。

我們有很多理想，也一起作夢，有一天要為殘障朋友闢一塊自由樂土，沒想到這傢伙半途「落跑」到美國留學，一去十餘年。

及至聽到伊甸成立的消息，他特地把自己的第一本著作賣斷給出版社，書款全部捐給伊甸，這也是伊甸來自國外的第一筆捐款。

又十七年後，我從伊甸「解甲歸田，告老還鄉」。回首這一路的酸甜苦辣，心裡只有感謝，感謝上帝容許我在這樣一件偉大的事工上小小有份，美夢成真，今生今世，再無遺憾。

當然，並不是每個人的夢想都這麼龐大、艱難，充滿挑戰，你也可以有一些小小的夢想。

我的一位朋友，從會走路的時候就喜歡畫畫，家裡窮，買不起紙，就到處收集別人不要的廢紙練習，連廢紙也沒有的時候，就畫地畫牆壁。

十歲那年，父親送他一本《豐子愷畫册》，他愛若瑰寶，矢志要以畫畫作為他終身唯一選擇。

然而，處身在一個大動亂的時局中，個人的命運往往非自己所能掌控。當時國共交戰，在國軍撤退時，他和全校師生一起被抓伕來到台灣。部隊的生活嚴厲艱苦，每日操練不斷，不要說畫，連夢都沒有。

之後，結婚生子，一介軍人，微薄的薪餉養家活口已然吃力，哪裡再敢奢望其他。

直到五十歲這年，他已退役，轉任文職，工作較為輕鬆，孩子也都成長，仔肩的重擔稍息，他自認這一生於公於私均已盡力，決定善待自己，送自己一個五十歲的生日禮——圓夢。

一切從頭開始，彷彿又回到童年，享受著盡情繪畫的樂趣和滿足，畫到淋漓盡致時，渾然不知有我，他曾有過三天三夜不下畫桌的紀錄。

中年學畫，既非爲利，也無關功名，可是終究還是有人欣賞他的畫，典藏他的畫。他知道，或許他這一生永遠做不成「豐子愷」，但在人生的晚年，能夠一圓兒時的夢想，亦感心滿意足了。

喜歡運動、關心國內體育發展的朋友一定記得「風速女王」王惠珍這三個字。她先後獲得一九九一年英國雪菲爾世大運兩百公尺金牌、一九九四年日本廣島亞運兩百公尺金牌，其他大小獎牌不計其數，這是繼紀政之後，我國最傑出的短跑女將。

這樣一位光環四射的運動健將，如果把她和拼花布這種古老的手工藝聯在一起，會不會令人錯愕，有種不搭軋的感覺？

王惠珍說，其實她在國中時就迷上了女紅，有一雙巧手的她，在縫製的過程中，特別感受到內心的沉靜與喜悅，那一針一線裡，彷彿也縫進了許多小兒女祕密的心事。

然而此時的她已展現出運動上的天分，家庭、師長，乃至國家對她的期望把她推上田徑這條不歸路。爲了榮譽，她只有全力以赴，生活除了訓練和比賽外，容納不下其他任何東西。

十年光陰，充滿喝采與掌聲，卻也充滿孤單寂寞。高掛釘鞋後，許多朋友都擔心她無法適應絢爛之後的平淡，加以婚姻不順，但王惠珍很快調適過來，主要的是她重又拾回對拼布的喜好。

目前，她已獲得日本手藝協會的講師證書，並且成立自己的「拼布藝術教室」。看到她親手製作的桌墊、手提包、被面或掛氈，色彩豐富艷麗，構圖新穎活潑，除了訝異，任誰都不能不佩服她的才華和毅力。

人生的道路無限寬廣，王惠珍為她自己走出了另一個春天。（註四）

一位相熟的女孩夢想開家茶藝館，朋友紛紛勸阻，認為茶藝館已退熱潮，經營不易，她卻執意不聽。

結果被我們這些烏鴉嘴不幸言中，勉強維持了一年多，還是關門大吉，多年的積蓄也跟著泡湯，我責怪她「不聽老人言」，她反而豁達地說：

「沒關係，我還年輕，錢失去了還可以再賺，至少我已實現了多年的心願！」

就在寫這篇文章的兩天前，妹妹的同學大花有事打電話找我，聊天時告訴我，目前她每月存一萬元，打算十年後教職退休時——

我搶先一步說：「環遊世界！」

她驚訝地叫起來：「你怎麼知道？」

「這是許多人的夢想啊！」

我很欣賞大花的「未雨綢繆」。的確，夢想不論是大是小，是難是易，都需要預做規畫和準備，以及主客觀條件的配合，方不致流於幻想空談。

夢想是帶著我們飛翔的翅膀，飛向天邊地極，飛向未知之處；夢想也擴大了我們思想與心靈的領域。人類文明的不斷進步，最主要的原因是我們都愛作夢！

夢想，出於一個人對生命的熱情，對周遭世界無盡的嚮往。人生一世，我們可以安於平凡，絕不要允許自己貧乏虛度，沒有夢的人生，何等的寂寞無趣啊！

夢想，不一定實現，那又有什麼關係呢？有一日即使我們一無所有，我們還是有作夢的權利啊！

註一　資料參考蔡康永「真情指數」，TVBS。

二　資料參考《大英百科全書》、電影「雪地悍將」。

三　部分資料參考高銘和著〈我與羅的未竟之約〉，《講義雜誌》。

四　部分資料參考張正莉著〈風速女王王惠珍手藝一把罩〉，《聯合報》。

寶典17 赤子之心

ㄅㄆㄇ先生

剛過九十大壽的劉其偉劉老是我的忘年之交。

早在伊甸基金會創辦之初，擔任職訓部主任的是一位師大美術系畢業的張長傑先生，他和劉老極熟，爲了替伊甸募款，特別邀請劉老舉辦一次畫展義賣。

初次見到劉老，他就給我一個熱情的擁抱，還在臉上重重親了一吻，令我受寵若驚之餘，立刻「意亂神迷」，從此視他爲我的偶像。

不過，聽說迷他的女生不少，就是男生，也很少有人不喜歡他的。劉老天生具有吸引人的魅力。

單看那張笑臉，歲月刻滿了皺紋，卻不曾留下一絲風霜的痕跡。笑得極其燦爛，有種孩子似的天眞無邪，偶爾眼睛裡閃過一抹頑皮、捉弄人的神情，一不小心，就掉進他的陷阱。

有一回，他要幫我畫張素描，我當然求之不得，畫好後，他鄭重其事的簽下大名，我一看，竟然是「ㄌㄧㄡˊ ㄑㄧˊ ㄨㄟˇ」，我一愣，忍不住問他：

「劉老，您的簽名爲什麼要用注音符號呢？」

「因爲我從小接受的是日文教育，不會寫中國字！」

他一臉正經，絲毫不見說笑的樣子，大概那時我剛入社會，不知人心「險詐」，竟然信以爲眞。

隨後越想越起疑，劉老不是寫過很多著作嗎？不是也在大學教書嗎？怎麼可能不懂中文？偏偏我一時懵懂，著了他的道兒。

後來，我向他抗議，怎麼可以欺負我們「小孩子」，他一臉無辜地說：「有嗎？」

說起來劉老眞是一位深藏不露的人，跟他在一起，你隨時可以挖到寶，這和他豐富的人生閱歷有關，而豐富的人生閱歷則和他對待生命的態度有關。

劉老是學電機的，早年在公家機關擔任過工程師，也在大學兼課，出版過好幾本有關電機工程方面的專著。四十歲時，在一次觀賞朋友的畫展時，內心突然有一股想畫的衝動，因而觸發他在繪畫藝術的潛力，從而造就畫壇一位傑出的水彩畫家。

如果說劉老的畫是靠天分，那是不公平的，很少有人知道他背後的努力。不過，每逢有人當面推崇或讚賞，他就顯得十分不自在，非得用一些「胡言胡語」岔過去，說什麼「我很窮，畫畫是拿來騙錢的……」、「我不懂，隨便畫畫，騙人的……」之類的。

其實，劉老大部分的畫都捐給了公益團體義賣，其中伊甸基金會就前後接受過兩次捐贈。

二十五年前，他到越南擔任軍事工程師，竟然又開啟他內心另一扇門——到蠻荒之地探險。行腳遍及非洲、中南美以及新幾內亞等地。

他不是去觀光，隨便走馬看花，而是和當地原住民實際生活在一起，研究他們的歷史、風俗、文化，做成記錄，寫成論文。這期間雖然拋棄文明生活的物質享受，經歷蠻荒野地諸多危險困難，甚至生命遭受威脅，他也甘之若飴。

九十歲的老人了，一點也不肯安分，仍然忙著畫畫，為清寒學生奔走募款；忙著成立基金會，為長期推動藝術教育和生態保育而努力……至於他自己呢？他興致勃勃的計畫再有一次蠻荒探險……

對別人而言，劉老是個畫家、作家、探險家、人類學家、自然生態保育家……可是對他自己來說，他只是一個對生命充滿強烈好奇心，永遠在探索，不停追求，而且永不服老的「老頑童」。

一個人把自己的本行經營的出色不說，猶有餘力涉獵其他，竟然也樣樣精采，斐然成家，這樣的人還眞不多見，劉老是其中之一。另外，美國的物理學大師理查・費曼也是一號了不得的人物。

在許多人刻板的印象中，所謂的科學家大概都是戴著深度近視眼鏡，頭髮蓬鬆，不修邊幅，除了鑽在研究室外，不懂人情世故、呆板乏味的人，如果你眞這麼想像費曼，那可是大錯特錯了。

最近讀了一本他的傳記《別鬧了，費曼先生》，才知道他的一生眞是精采有趣。

費曼是位理論物理學家，在美國加州理工學院任教四十年。他所編寫的物理教科書是每一個念物理的學生的必讀物。一九六五年，他以量子電動力學上的開拓性理論獲得當屆諾貝爾物理獎。

費曼從小就是個喜歡追根究柢的人，對什麼事都滿懷好奇，永遠想「看看下一步有什麼有趣的發展」，這樣的好奇心固然使他在科學的研究上有了傲人的成績，卻也使他常常不務正業。

二次世界大戰時，他參與製造原子彈的曼哈坦計畫，由於事關國防機密，高度敏感，所有的工作人員均被嚴密監控，不得隨意通信和外出。這對不喜受拘束的費曼來說，眞是一大酷刑，好在他也有自娛之道，他學會了開鎖，從鎖的構造、運作原理到密碼的排列組合，一一深入研究，竟然闖出了名號，職業開鎖專家都對他佩服的五體投地。

爲了警告政府的保安系統不夠周密完善，他故意竊取機密資料後，再留下字條警告。有時也拿同事惡作劇，經常嚇得同事不知所措，啼笑皆非，最後還贏得個「妙賊費曼」的封號。

就連打鼓也是一樣，原本是爲了紓解工作壓力，打著好玩而已，結果越玩鑽研越深，不但爲人配樂、出唱片，而且上台表演，甚至有一年巴西嘉年華會，需要一位領隊貴賓，主辦當局特別邀請費曼，於是，只見我們的費曼先生打著他的森巴鼓一路引

導前行，好不風光得意。

學畫、學不同的語文，包括研究失傳已久的馬雅文字也都是抱持著這樣一種心態，不玩則已，玩就要玩出個名堂。

我同樣學物理的姊姊形容費曼說：「這個人太棒了，又會做學問又會玩！」費曼一直是姊姊的偶像。

其實按照費曼自己的說法，他的做學問也是在玩，即使枯燥如理論物理，也是用一種享受的心情，樂在其中，因爲「我總喜歡弄明白這個世界到底是怎麼一回事」。

我沒有機會認識費曼先生，和劉老雖然相識多年，但平日見面機會不多，幸運的是我的身邊也曾有一位和他們同樣具備赤子之心的人，那就是我的父親，雖然他很平凡。

父親越老越像小孩，他對任何事都充滿興趣。他爬山、下棋；他幫人寫狀子打官司、充當媒婆；和孩子們搶著填填字遊戲，刮颱風的日子，他第一個跑出去看熱鬧……

社區裡遇到一對老外夫婦，先生一臉大鬍子，他問了人家一個所有「大人」都不會問的問題：「你鬍子這麼多，跟老婆親嘴時怎麼辦？」

母親罵他「無聊」，他還眞是無聊，可是一直活到八十歲，仍然活得興高采烈，興致勃勃，即使吃一碗隔夜的剩麵，也都吃得歡歡喜喜，滋味無窮。

他的確不是什麼大人物，可是他那種對生命的熱情和活力深深影響了我。母親常說他只有八歲，我想，眞好，但願我到了八十歲，仍能保有一顆孩童的心，這個世界於我眼中永遠清新如洗，充滿探索的樂趣。

耶穌曾告誡祂的門徒說：「你們若不回轉像小孩子的樣式，斷不得進天國。」孩子的純樸自然，不記恨，沒有機心，不懂僞詐；孩子的不恥下問，豐富的想像力和好奇心；孩子單純的愛與同情心……

可惜的是在成長的過程中，許多人往往在不知不覺中流失了這些美德。他們變得老成、世故，心機深沉、錙銖必較；他們不再信任別人，也不再關心別人；朋友得罪他們，他們懷恨在心，忘了朋友以前的好處。

他們不再對花開花謝傷感流淚，不再數算天上的星辰；不再讀書，追求新知，對世界的變動一無所感；他們，不再作夢……

很多人在很年輕的時候就已經老朽不堪了，卻也有些人雖然年紀老邁，仍持有一顆精純如黃金般孩子的心。

耶穌說，天國是屬於「孩子」的，其實，孩子的心就是天國。

第3輯

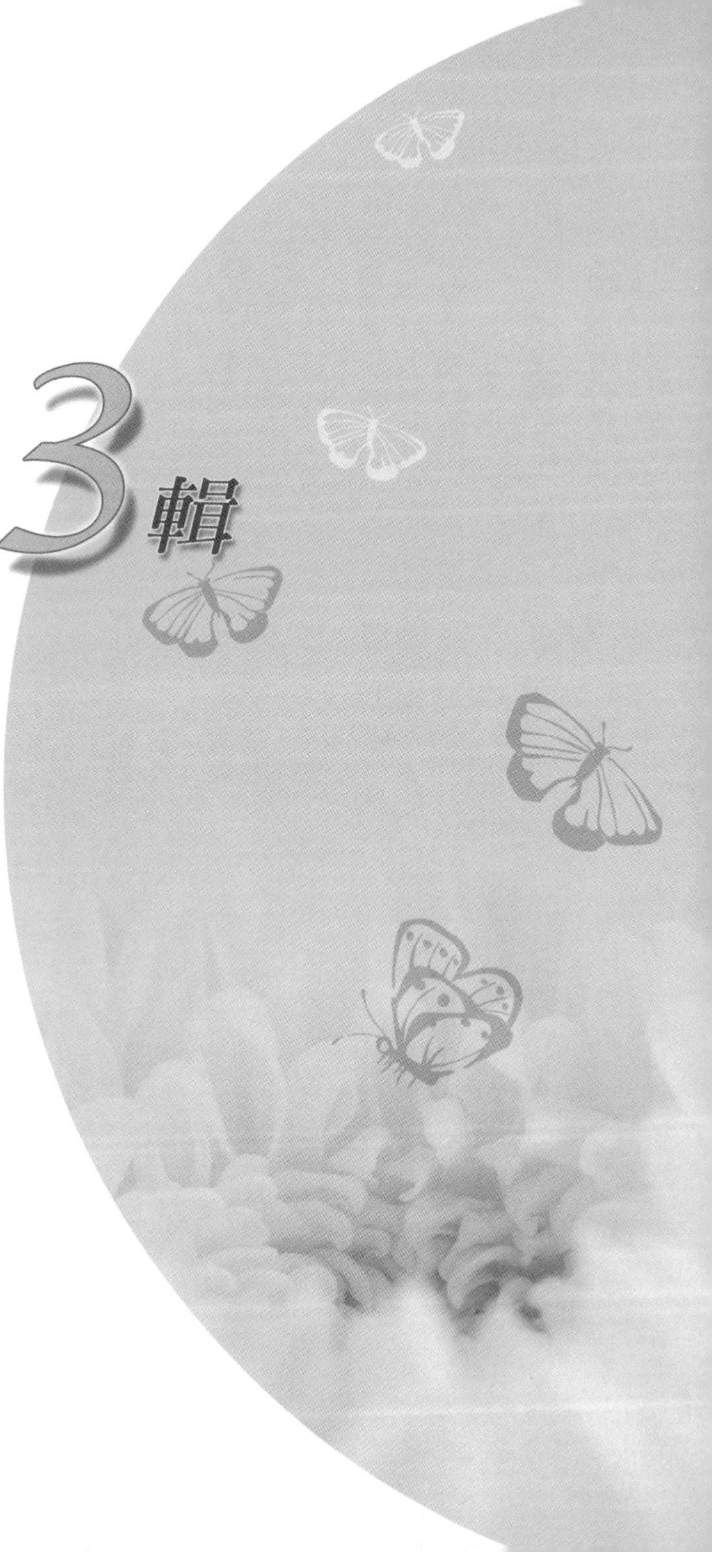

寶典18 面對愛情

人間楓紅天

我居住的社區內，有一條路的兩邊種滿了高大的楓樹（有人說槭樹），春天嫩芽新發，像翡翠一般晶瑩碧綠；冬天，隨著寒流過境，滿樹的綠葉變臉，由黃轉紅，或隨風飄落，或殘留枝頭，斑剝的葉子，別有一種滄桑的美感。出外散步時，常看樹看到發癡。

聽說朋友來回塞了整整一天車，爲的是去奧萬大看楓葉，忍不住失笑：「何必捨近求遠呢！不如來我們花園新城看，比奧萬大的漂亮多了！」

就是這樣的季節，一位十多年不見的朋友趙意外來訪，他的太太紘是我年少時就認識的莫逆知己。我們同樣身體不便，同樣喜愛文學，她比我早幾屆獲得十大女青年，我的得獎也是出於她的推薦。

紘人長得漂亮，氣質優雅，加上嗓音圓潤，笑聲尤其悅耳好聽，即使同為女性，第一次見她也有驚為天人之感。

紘的父親在銀行擔任高層主管，家世優渥。紘雖然因病失學，但家中一直聘有專人補習。父母寶貝這個嬌嬌女，經常鼓勵她參加外界各種活動，所以，紘從小就是正聲電台的小小播音員，參加許多廣播劇的演出，因而培養出她後來創作劇本的興趣。

美麗，活潑，大方，紘一點也不受她身體的障礙影響，從年少起就不乏異性追求。趙是眾多追求者之一。他才華出眾，會編會寫，文學、音樂、攝影皆有涉獵。只可惜就如同所有的文人一樣，不善生財之道。以紘的家世，怎麼會看上這個窮小子，偏偏女兒為他的才華吸引，一往情深。

這樁婚事一開始就不被祝福。婚後，嬌生慣養的紘不耐夫家，只好長住娘家。於是，趙變成了那個不受「公婆」歡迎的「小媳婦」。

尤其是紘的母親對他百般挑剔刁難，連外人都覺得不可思議。可是因為愛妻子，趙甘願忍受，委曲求全。

我很少看到一個男人愛太太愛到那種地步，有時簡直以爲他這一生是爲妻子而活。妻子想看海，他想盡一切辦法包了漁船，一大清早帶著妻子到淡水外海釣魚；妻子愛熱鬧，就經常看見他抱著妻子看電影、聽音樂會，或是騎著單車四處兜風；漂亮的人難免愛照相，那時家庭攝影機還十分罕見，趙不知花了多少錢買了一台，妻子成了他當然模特兒，拍了不少「寫眞集」。

紘走上文學之路，趙絕對是幕後的「推手」。他爲妻子設計題材，蒐集資料，潤飾文稿，接洽發表園地，最後還特別成立了一家出版社，專門出版妻子的著作。妻子成名了，他躲在妻子的光環後享受著「夫以妻貴」的榮耀。

只可惜紘的身體一直不佳，後來又感染濾過性病毒，造成腎臟衰竭。隨著健康的惡化，紘越來越消沉，逐漸停止創作，也刻意和朋友保持距離。我創辦伊甸後搬去台北，他們也不知什麼時候悄然搬家，友誼從此斷線。

直到今年初，收到歷屆十大傑出女青年名錄，才驚愕的發現紘過世的消息，根據名錄上的資料，和趙取得聯絡。

我和趙對坐窗前，窗外青山隱隱，鳥聲寂寂，我們一起沉湎在往事的回憶中，往事如煙，令人唏噓。

「紘是個有福氣的人，有你這麼好的丈夫，她這一生可以無憾了。」我安慰趙，提起從前他遭遇到的種種「非人」待遇，仍不免為他抱屈：「其實你當年的處境，朋友都知道，也眞難為了你！」

趙苦笑著搖搖頭，引用了一位日本女詩人題名「魚」的詩句：「因為我在水裡，所以你看不見我的眼淚！」

我的心彷彿被撞擊了一下，有種說不出來的痛楚，人與人之間的了解多麼的有限啊！有誰能體會他隱忍的傷痛呢？

臨走時，趙想取份資料給我，卻無意中讓我瞧見透明膠套內一片嫣紅的楓葉，看到我尋問的眼神，他訕訕地說：

「她的筆名叫楓紅，忍不住就撿了一片！」

除了喟嘆，我什麼也不能再說了。

我在想，愛情到底有沒有它的極限，特別是對一個男人而言。

有著「中國科學家之父」美譽的前中研院院長吳大猷博士，雖然學的是硬綳綳的科學，卻有他不為人知柔情似水的一面。

據說，他和妻子阮冠世在大學時就已相識，阮冠世患有肺疾，三天兩頭生病住院，

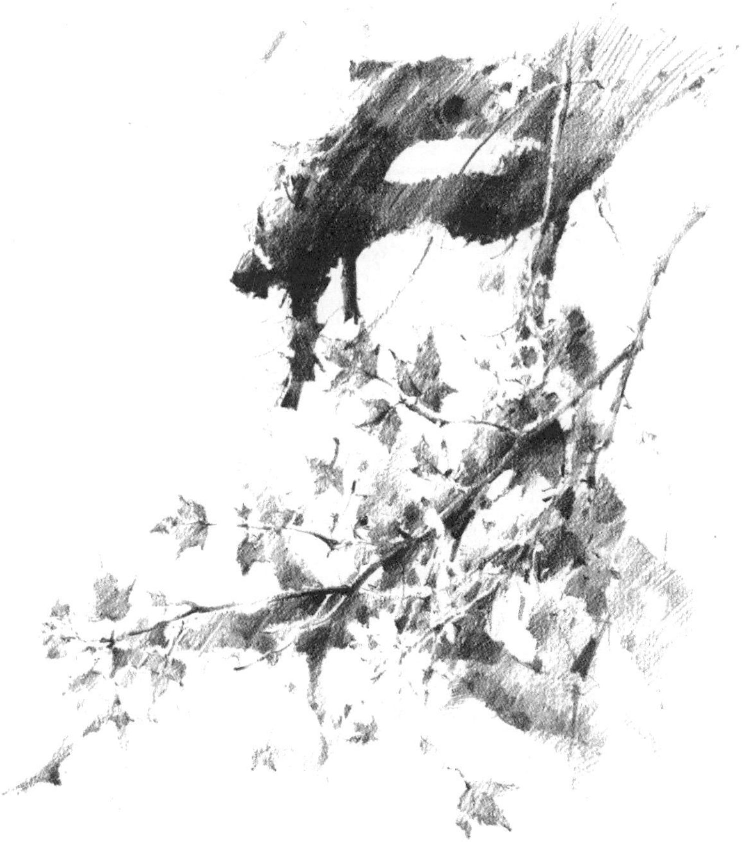

都是吳大猷陪伴在旁，細心照顧。畢業後兩人一起結伴赴美深造，期間阮冠世多次肺疾轉劇，並且一度入院長期療養。吳大猷一邊忙著攻讀學位，一邊忙著打工，貼補阮的醫藥費，還得勤跑醫院，別人看他辛苦，他卻樂在其中。

即使回國後，阮冠世的健康也時好時壞。在當時，肺病仍是絕症，吳大猷又是家中獨子，所有的親朋好友都極力勸阻吳大猷，認爲阮冠世會拖累他，吳大猷卻心意已定，他說：

「所有的問題我都考慮過了，無論如何，我不能在她最需要我的時候拋棄她，只有結婚，是我唯一能夠長期照顧她的方法！」

肺病需要長期療養，龐大的醫藥費，加上充分的營養，吳大猷雖貴爲北大教授，薪水仍不敷開支，便在家中養了兩頭豬，多少有點收益。除此之外，家中一切雜事，洗衣燒飯全是吳大猷一手包辦，許多北大的師生經常看見他提著菜籃買菜。

阮冠世雖然身體荏弱，一生中有大半時間都在與病魔纏鬥，但她毅力驚人，未曾屈服。她的學業也因健康影響，斷斷續續，直到六十餘歲才拿到博士學位。她的剛強與堅持，想必也是吳大猷愛她、伴她一生無悔的原因吧！

阮冠世沒有生養，在那個時代，身爲獨子的吳大猷，不知多少人勸他納妾，他都不爲所動，一直到妻子七十二歲病危臨終時，他仍一如往時執手安慰：

「別怕，我在這裡，好好睡，就當作個夢吧！」

妻子走後，他單獨住在一間十坪大小的套房裡，簡簡單單過日子，全副精神放在中研院，對人世種種不忮不求，正因如此，他是出了名的敢說敢言，始終保持他一顆赤子之心，直到九十二歲瀟瀟灑灑自在的走完了他的一生。（註一）

「問人間，情是何物？直教生死相許。」一千年前，元好問的詞句被多少年輕戀人口誦心合，背得滾瓜爛熟，但可曾有幾人懂得「生死相許」呢？

前年九月，讀到一篇張惠瑩女士的短文。作者是位資深的護理人員，十餘年前曾因罹患卵巢癌動切除手術，雖然手術成功，卻注定此生無法生育，已經論及婚嫁的未婚夫立刻解約走人。

作者無奈的接受這個令她傷痛的現實，好在她有工作，不虞生活，在對婚姻失望之餘，決定抱持獨身。她是個虔誠基督徒，就把上帝當做她服事的另一半，教會的年輕人成了她的孩子，日子依然過得豐富美滿。

八年前，她在醫院裡照顧一位癌症病人，病人和她年齡相仿，兩人頗爲投緣。病人的家庭幸福，夫妻恩愛，看到先生對妻子無微不至的照顧，也令她十分感動。

閒談中，病人常憂心忡忡的向她表示，孩子尚小，需要母親，也放心不下先生，希望爲他再找個伴侶，沒想到病人中意的人選竟然是她。

病人過世後，她也眞的嫁給那位先生。先生待她如同前妻一樣的好，孩子與她相處也如親生一般，幸福雖然遲來，讓她一樣感激珍惜，冥冥之中，彷彿先生的前妻一直守護祝福著這個家。（註二）

同樣的故事情節也發生在美國有名的硬裡子演員查理・布朗遜的身上。查理的妻子吉兒也是位知名演員，他們夫婦結婚三十餘年，是影壇少見的恩愛夫妻。

十餘年前，查理太太罹患癌症，儘管美國醫學發達，仍無法制止病情惡化。查理太太自知不起，不忍撇下查理獨自一人，特別把自己的閨中好友介紹給丈夫，安排他們約會，分別在他們面前美言對方，拉攏兩人感情。

這件新聞在美國也曾轟動一時，數不清的美國人爲三人之間的愛與情誼流下感動的眼淚！

其實，看過我那本《身邊的愛情故事》的讀者一定記得，早期在伊甸基金會服務的一位工作同仁，某次和友人聚餐時，一塊魚骨劃破食道，造成內部大出血，隨後又感染細菌，病情惡化。臨走前，他把一切後事安排妥當，包括妻子改嫁給他從小一起長大的好朋友。他對妻子說：

「我一定要把你嫁給一個讓我放心的人，我才能安心的走！」

甚至事先說服雙方親友，避免妻子再婚遭遇阻力，用心之良苦，可想而知，等到一切就緒後，他才無憾離去。

「人間四月天」一劇的播出，風靡了整個台灣。徐志摩與張幼儀、林徽音、陸小曼三位女主角之間的情愛糾葛成了許多人茶餘飯後的話題，尤其是網路上的青年學子更是討論熱烈，「徐氏用語」琅琅上口，簡直又像回到五四年代。

這齣戲之所以普受歡迎，是大家看到那一代人的愛情是如此的堅貞、執著，以及那種「得之，我幸；不得，我命」的豁然。不僅愛得高貴，也愛得有風度，有器度。

在所有的人物中，我最欣賞的是著墨不多的梁思成。他愛徽音，也愛其所愛。知道徽音和徐志摩之間有份特殊的感情，徐志摩飛機失事時，他特地趕到現場，撿拾一片飛機殘骸送給徽音紀念。

徽音愛上金岳霖，哭著問他怎麼辦？梁思成儘管如受電擊，心爲之碎，他長思一夜，決定給予徽音充分選擇的自由。而金岳霖聽到此話後，也以「君子不奪人所愛」，自動退出。一是願爲愛犧牲，成全對方；一是寧可終身不娶，也不願將自己的快樂建築在他人的痛苦上，兩人俱是坦坦蕩蕩的大丈夫，這樣的愛情，端的令人心折不已！

許多時候，我們央求戀人「許我們一個未來」，豈不知愛情是不需要承諾的，因爲，愛情的本身就是一種承諾。

愛情愛情，千古以來，多少人追求愛情，渴望愛情，卻也不免爲情所傷，爲愛折磨。我們自以爲了解愛情，卻常曲解愛情。特別是今日這個以經濟掛帥、個人主義盛行的時代，我們的愛情往往過於急功近利，只知攫取，只知佔有，甚至把愛情當做勝利的祭品。「得之」固然「我幸」，「不得」則很有可能殺之、砍之而後快。愛情到了這種地步，不僅膚淺粗糙，也蠻橫無知的教人不寒而慄。

我們羨慕前人的愛情雋永，動人心弦，卻忽略愛的本質除了歡愉、浪漫與激情外，還有包容與體諒，尊重與信賴，愛情是需要細心維護、苦心經營才能天長地久、此生不渝的啊！

註

一　部分資料參考龍小鳳著〈我的一張愛情票投給吳大猷〉一文，《中國時報》。

二　資料參考張惠瑩著〈她要我嫁給她先生〉一文，《中國時報》。

寶典19 面對誘惑

致命的吸引力

忘記是哪位幽默大師說的話，「我什麼都能抵擋，唯獨誘惑。」

的確，面對誘惑而不被誘惑，需要很大的定力和堅持的勇氣，應該也是一種對自我的挑戰吧！

很多年前，一位好友的先生就是爲賭所害。原本只是打打小牌，後來越賭越大，梭哈、牌九樣樣都來。不論太太怎麼威脅，親朋怎麼勸解，他總是唯唯諾諾，隔不多久又故態復萌。

有一次，身爲某私校教務主任的他，帶著應屆畢業生的報名費到聯招會繳費，不想半路卻被賭友拉進了賭場，這一賭就是三天三夜沒下桌。

可想而知後果之嚴重。爲此，他失去工作，太太一氣之下帶著孩子離開他，一夕之間，事業、家庭、名譽全部化爲烏有。

很多年後，我曾在街上遇到他，畏畏縮縮，一臉的落魄憔悴，全不復當年的意氣風發。

有位也曾一度沉溺在賭場的長輩說：「那眞是有鬼勾引著你，每天到了一定的時候，手就發癢，全身不知哪裡不對勁……」

我想起聽來的一個笑話。

有個牛販一大清早到牛墟批二十頭牛，到了晌午，太太還不見他人影，直等到三更半夜才見他沒精打采一個人回來。

太太忍不住生氣地罵：「教你去批牛，你怎麼搞到現在才回來，牛呢？」

牛販囁囁嚅嚅地說：「批是批了，只不過走到半路看見有人擲骰子，忍不住下去擲了兩把……」

太太大驚，連忙問：「結果呢？」

「結果輸了一頭牛……」

太太心中一寬，還好還好，再問：「那其他十九頭呢？」

「其他十九頭扳本扳掉了……」

雖說是笑話，卻也看出人性的脆弱。君不見全世界的賭場家家生意興隆，沒聽說哪家賠錢關門大吉的，賭的魔力可見一斑，無怪要把好賭的人叫「賭鬼」了。

吸毒的人也一樣。從事社會工作之後，我也經常有機會接觸一些戒毒的朋友。家住隔壁大樓的小三子，原本極其聰明的一個孩子，任何事一學就會，卻偏偏不愛念書，在損友的慫恿下，染上吸食強力膠的惡習，強力膠不但損害了他的健康，也連帶影響了他的智力。

爲了幫他戒毒，遠離損友，我曾幾度爲他介紹工作，無奈總是一天打魚，三天曬網，到今天，還不時看到他在社區裡四處遊蕩，而哥哥弟弟早已成家立業。

伊甸馬來西亞服務中心的莊如明牧師年輕時不但吸毒，還混黑道，事實上毒品和黑道幾乎是分不開的連體嬰。長期吸毒的結果，身體孱弱的如同得了癆病似的，只剩一把骨頭，到最後連幫派都不肯要他了。

失去幫派的庇護，以前的仇家紛紛找上門來。有一回他被道上一位弟兄狠狠修理一頓不說，尚且被當衆羞辱，他暗暗發誓，一定要把毒癮戒除，養好身體，以報此恨。

很幸運的，他進的是一所基督教辦的戒毒中心，結果不但毒癮戒了，還成爲基督徒，當然心中的恨意也在上帝的大愛中撫平了。

後來，他當了牧師，創辦伊甸馬來西亞服務中心，去年他當選馬來西亞十大傑出青年。

很多時候，年輕人初初接觸毒品，往往是抱著好奇或好玩的心理，聽別人說得天花亂墜，自己也想嘗試一下，誰知吸時容易戒時難，毒品戕害之深，特別是帶給心靈上的痛苦非外人所能了解，莊如明就以「痛不欲生」四個字來形容。

年輕人也多是喜歡尋求同輩的認同，三五成群瘋瘋鬧鬧也是尋常之事，怕的是爲了逞強，表現自己，不小心做出一些傷人傷己的不智之舉。要知道，一旦誤入歧途，再回頭已是百年身。

人生的誘惑自然不止這些，還有金錢的誘惑、美色的誘惑、權力的誘惑……

金錢，是人類基本生活的保障，看到白花花的銀子，沒有人不喜愛的，可是當得與不當得之間卻需要分清楚。

有時也並非分不清楚，只是因爲貪慾，無法把持自己，最後成了金錢的奴隸。

看見別人坐賓士車，自己也想買；看見別人住豪宅，自己也想要；看見別人在股市呼風喚雨，自己也想跳下去撈兩把……很多誘惑其實都是從最微小處開始，吸幾口大麻，好玩而已；錢財過手，不過暫時周轉一下；碰到漂亮美眉，談個精神戀愛又何妨？豈不知魔鬼就是這樣把你一步一步往下陷，直到你深陷其中，無力自拔。

許多女孩子爲了追求物質上的享受，不惜出賣色相，從公關公主、KTV小姐到伴遊女郎等等。從前的女孩從事這種行業還多有羞恥之心，而現在她們則以爲是觀念開放，「只要我喜歡，有什麼不可以」，豈不知那樣的環境是個大染缸，同時又是毒品、黑道的大本營，有一天即使不想做了，恐怕也很難全身而退。

貪一時之慾，賠上自己的一生，這本帳怎麼算都划不來。

對男士們來說，女色的誘惑同樣是一大挑戰。

從辦公室的不倫之戀，到苦苓口中的「單身公害」，以及流行在兩岸的「包二奶」，玩的都是兩性遊戲。

男士們總以爲送上門的艷福，不要白不要，然而就像《聖經》上說的「掩藏的事沒有不顯出來的」，有一天東窗事發，勢必鬧得全家鷄犬不寧，而受害最深的則是可憐無辜的孩子。

不過，到底有幾位男士能抗拒美色的誘惑呢？英明如大衛王，智慧如所羅門王明知「虛空的虛空，都是捕風」，然而大衛王看見拔士巴的美色仍不免動心，甚至爲了把拔士巴據爲己有，而將她的丈夫烏利亞設計害死，可見人情慾薰心時，什麼壞事都做得出來。

不過，上帝對這父子兩代的淫亂也給予最嚴厲的懲罰，那就是以色列人的亡國。

年輕的男孩女孩，正值發育期，體內的性賀爾蒙激增，對性充滿好奇，偏又對性的知識一知半解，往往一時衝動之下，做出讓自己後悔的事。

所以，年輕人面對性誘惑時務必要冷靜、理性，顧及所產生的後果可能衍生出來的種種問題。

前幾天無意中看到電視台訪問成龍。成龍談到他初出道時，父親特別要他答應兩件事，一是不能混黑道，二是絕對不准碰毒品。

想必成爸爸一定也知道，演藝圈是個龍蛇雜處的地方，武行又多少和黑道掛勾，在這樣一個複雜的環境，想潔身自處還眞不容易，然而從影三十多年，成龍做到了。

「誘惑肯定是有，但絕對不能給它一點機會。」成龍說：「千萬不要抱一絲僥倖的心理，說沒關係，我有信心不會怎樣，結果一陷進去就爬不出來，我看得太多了……」

同樣的道理，《聖經》教導基督徒避開誘惑的最好辦法是「不給撒旦留餘地」，也就是說事先的防範永遠勝過事後的補救。

古聖先賢告訴我們「攻克己心，強如攻城」，可見心理建設的重要，面對誘惑而能堅定的拒絕，特別是青少年朋友，不論別人如何起鬨、慫恿、威脅利誘，甚至譏笑你膽小落伍等等，你都要說「NO」。

當然，如果你對自己沒把握的話，那麼我最後的一個建議是，盡可能的避開吧，就像躲避瘟疫那樣。

寶典20

面對缺陷

滿月弦月一樣美

你相信一個人一天可以花四個小時，單單只爲了化粧一張臉嗎？這是我從報紙影劇版看來的八卦。

人類天生愛美，特別是要靠一張面孔吃飯的藝人，花大量的時間精神養顏護膚，原也無可厚非，只是效果能維持多久呢？

到底，美的標準在哪裡？有人喜歡楊玉環，有人偏愛趙飛燕，見仁見智，欣賞的角度不同罷了！

中國有句成語，專門譏笑人矯揉造作，模仿他人，就是「東施效顰」。東施長得醜，免不了羨慕西施，結果畫虎不成反類犬，成爲千古笑話。

重點不在東施的醜，而在無人欣賞東施，以及東施對自己的缺乏信心。

我想起多年前作家無名氏的一篇文章，提到他寄居杭州時，認識畫家趙無極的妹妹，也正在杭州養病，兩人一見鍾情，陷於熱戀中，每日卿卿我我，難分難捨。

趙小姐患有肺疾，一張臉像蠟一樣蒼黃，可是看在無名氏眼裡，怎麼看都覺得那膚色黃得眞是美麗，再也無人能比，以至於有很長一段時間，他老覺得別人的臉色都不正常。

我也想起一位朋友，右臉有一塊黑色胎記，雖然不大，但正好在臉中央，目標顯著。從小她恨死了這塊胎記，沒事就用手去摳它，弄得臉上經常傷痕累累。

她也恨母親，其他兄弟姊妹的臉都生得光潔無瑕，唯獨她不一樣。氣起來就跟母親鬧彆扭，母親也生氣，沒見過這麼古怪難纏的小孩。

因爲太在意這塊胎記，她也喜歡偷母親的粉，把一張臉塗得白煞煞的，不知被老師、教官糾正過多少次。

有一次，大概又是她在抱怨，幫她家打掃清潔的歐巴桑笑嘻嘻地說：「那是『床母』特別留下來的記號！」

「床母」為什麼要在她臉上留個印記，歐巴桑笑而不語。很多年後，丈夫同樣笑嘻嘻地說：「要不是『床母』做了記號，我怎麼能從茫茫人海中找到你？」

這時候的她，不再是那個彆扭小孩和古怪少女。學業上的出類拔萃，職場上的得心應手，加上愛情婚姻的滋潤，早已讓她破繭而出，充滿自信的臉上越加神采飛揚，奇怪的是那塊胎記反而不是那麼明顯了。

丈夫的話聽來窩心。她越來越相信，每個人在這個世界都是獨一無二的，特殊的印記想必也是要給特殊的人。她打趣丈夫、也調侃自己說：

「是啊！多虧了這塊胎記，才嫁得你這位好丈夫！」

愛美並不是女人的專利，男人愛美，比比皆是，吾家老爸就是一位。每天他花在整理儀容的時間絕對超過母親，家中一只老吹風機，三個女兒無人使用，那是老爸的「御用品」。老爸走後，一直束之高閣，前陣子姪女回國，想吹頭髮，才發現已經生鏽，不堪使用了。

老爸愛漂亮，無非自認相貌出衆，自戀心理而已。患自戀症的當然也不止他一位，有位華裔太空科學家金毅華小時也是對自己的容貌十分自負。他回憶說，三歲時，他就會用父親的梳子，沾一點兒水，對著鏡子梳西裝頭。

誰也沒有想到，這麼愛「面子」的人，初二那年，左臉牙床部位突然長了骨瘤，從此開始他與骨瘤奮戰如噩夢一樣的漫長歲月。

從初中到赴美留學，骨瘤幾次復發，前後經歷了好幾次大手術，切除了左臉大部分的骨頭，加上多次放射性治療，不僅臉部下陷成一個凹洞，而且疤痕累累，連他自己都覺得醜陋而恐怖，始終貼塊紗布蓋住傷口。

骨瘤，不但使他飽受病痛折磨，而且嚴重的打擊了他的自信和自尊。雖然他的學業優異，交大畢業後留美，順利的拿到博士學位後，進入美國洛杉磯帕莎迪那的JPL工作，參與美國太空金星計畫，獲得非凡成就，但是爲了那個傷口，他仍然自卑怯懦。

做了多年基督徒，儘管信仰幫助他不再對先天的遭遇憤恨不平，也逐漸從孤獨的陰影中走出來，可是他依然沒有勇氣以眞面目示人。

七年前，他再婚的妻子委婉的表示，她不在意他的臉，因爲她愛的是眞實的他。

直到這時，他終於因著妻子的愛、完全的信任和接納，揭下貼了二十四年的紗布和膠帶，坦然承受眾人的目光。（註一）

親人的支持和鼓勵的確可以幫助一個人勝過肉體與心靈的傷害和恐懼，美國老牌影星查理・布朗遜的妻子吉兒就是如此。

吉兒和查理結婚二十多年，是影壇少見的恩愛夫妻，只可惜吉兒罹患癌症，在化療的過程中，頭髮全部脫落得一根不剩。

身爲女性，愛美誠屬天性，頂著個大光頭，心中的沮喪和懊惱可想而知，加以吉兒也是影星，注重形象更甚一般人，因此，她每天不是戴著帽子就是包著頭巾，連睡覺也不例外，從來無人看過她的光頭，包括丈夫在內。

大概查理布朗遜也覺得不對勁，忍不住找吉兒溝通，他情深意摯地告訴吉兒：「我對你的愛是連死亡也不能改變的，你有沒有頭髮對我一點都不重要……」

丈夫的愛給了吉兒勇氣，不單對抗病魔，也對抗心魔。後來吉兒公開在媒體上爲其他癌症病人打氣，引起很大迴響。

雖然吉兒已去世很多年，但她那張帶著一臉燦爛笑容的光頭照片，卻一直儲存在我的記憶檔案中。

人生免不了許多缺陷和遺憾，猶如天上月亮，圓圓滿滿的時候畢竟不多，絕大部分時間都是殘月如鉤。其實，月亮不論是圓是缺，都無損它本身的清輝和皎潔。

情人眼裡出西施，重要的在於那個「情」字，倘若東施也能遇到一對「情人的眼睛」，想來一定也是美如天仙吧！

人間的缺憾同樣也只有愛能來填補，能夠接納，懂得欣賞，滿月弦月是一樣的美呀！

註一　資料參考金毅華口述〈迎向晨曦〉一文，《愛家雜誌》。

寶典21

面對苦難

刺的故事

某次，參加一個座談會，到了之後才知道，主辦單位邀請的理由是想找一個最命苦的人，而我是他們的當然人選。

這樣的理由令我爲之失笑，當場提出抗議：「拜託！我一點都不命苦，反倒覺得我是天下最好命的人！」

雖然不曾口銜金湯匙出生，倒也不曾缺衣少食。父母愛我若手中瑰寶，特別是父親。記得我已經長得很大了，他還經常對我說：

「你是爸爸心上的一塊肉！」大概如此說法仍不足以表示他的愛，還要再強調一句：「是心尖尖上的那一塊！」

父親說，心尖上的肉最嫩，最好。言下之意，是如何寶貝我這位嬌嬌女了。

從小，伶牙俐齒，反應靈敏，漂亮加上活潑，永遠是受人矚目的焦點，而我似乎天生具有說服人的本領，經常是一呼百諾，不論家裡學校，一向是稱王稱霸。

這樣的小孩，想不驕傲也難。弟弟妹妹到現在還常開玩笑說：「幸虧姊姊生病，要不然禍害幾千年。」

他們自認「從小是在姊姊的淫威之下長大的。」

這樣的說法雖然誇張，卻也不難透露出我平日的驕縱任性。如果從此順順利利長大，一路發展下去將會是個怎樣的我呢？

母親曾在一篇序文中形容我生病之後的改變，「我家老二的『特長』變了，變成能忍，會讓，她不但能忍受身體的疼痛，也能原諒別人對她的欺騙、侮辱、虧欠、惡言傷害。」

看來，還眞是如弟妹們所說，「幸虧」我生病了。的確，疾病是我這一生最大的再造工程。當一個人失去健康，時時面對死亡之威脅，你就會發現得失榮辱、是非恩怨實在沒有什麼值得計較，當命運將你逼到絕境，自然滋生「置之死地而後生」的勇氣和信心。

能夠活著，就是一種幸福，這是我最大的領悟。

有時我不免在想，倘若不是這場病，我會不會變成個女惡霸？我想起一位朋友呂代豪。

呂代豪是位牧師。在這之前，他是流氓、混幫派的老大、進出監獄的常客。

爲了反抗管教嚴厲的父親，他逃家輟學。年輕氣盛、好打抱不平的個性，自然結交了一大幫狐群狗黨。人學好不易，學壞卻如急流放舟，一瀉千里。

初初開始，只是個到處白吃白喝的小混混；慢慢的，開始學會向店家、攤販收取規費；再之後，膽子越來越大，敲詐勒索、搶劫殺人樣樣都來。每進一家監獄，段數就加了一倍。

在他生長的五股鄉，那些看他從小長大的鄉親，把他當成兇神惡煞一般，避之唯恐不及，就連小孩哭鬧，父母也會威嚇說：

「小心，呂代豪來了！」

有一次，大概又是政策性的掃黑，他們這些列案流氓按照慣例移送管訓，無意中看到警方公文，移送的理由只有四個大字「魚肉鄉民」。

這四個字像根刺一樣扎在他的心上，每每在夜深人靜時，狠狠的刺他一下。

後來，他再度因殺人重罪關進監獄。在監獄裡，一位女孩（後來做了他的太太）鍥而不捨的寫信帶領下，他受洗成爲一個基督徒，爲自己以往所犯的過錯在上帝面前深深痛悔。

當時被判死刑的他向上帝禱告祈求，倘若蒙主饒恕，使他倖免一死，他願把一生奉獻給神。

上帝回應了他的禱告，死刑改判成無期徒刑。由於在獄中行爲良好，因而提早假釋，他也履行對上帝的承諾，讀完神學院後，成爲一名傳道人。

他決定回故鄉傳道，並不是「在哪裡跌倒，就在哪裡站起來」，而是因爲他自覺虧欠鄉親太多，如今是他還債的時候。

他的鄉親可不這麼想，沒有人相信他會改變。於是，有如時光倒錯，現在輪到鄉親們譏笑他，辱罵他，朝他吐口水，扔石頭，甚至有次上門傳道時，被那家的老太太用棍子打出門，彷彿要把他們從前受到的欺凌再還給他。

他秉持著「打不還手，罵不還口」的態度，他要用行動證明，浪子有回頭的時候，殺人犯也可以洗心革面，重新做人。

他做到了。如今，在五股，他是位受人尊敬的牧師，誰家小孩不學好，反倒有人會勸說：「找呂牧師輔導一下吧！」

有時候是幾個字，有時候也可能是一句話改變了一個人的一生。

許多年前，作家於梨華女士在一篇文章中提到，她之所以走上寫作一途，全拜一位老師之賜。

於梨華年輕時就喜歡文藝，一心想進台大外文系，可惜聯考分數不夠，分發到歷史系。第二年，她想轉系，拿著成績單去見外文系一位負責的教授，教授發現她的英文分數並不理想，露出鄙夷不屑的表情，冷冷地說：

「你這種英文，也想來念我們外文系？」

說罷，把成績單期她臉上一扔。那一刻，混和著委屈、難堪、羞辱和憤怒的於梨華暗暗發誓，有朝一日，她不但要學好英文，而且要用英文寫作，她要讓那位老師後悔自己的有眼無珠，以雪今日之恥。

果然，她在美國不僅拿到了英美比較文學的學位，而且在大學裡教美國學生寫作。

早期，她以留學生爲背景的作品曾風靡六、七〇年代的年輕人，成爲國內知名的作家。

不過，提起當年那位老師，心中的懷恨已變成感謝，她說，要不是那場侮辱刺激了她的好勝心和上進心，恐怕也不會有今日的成就吧！

不知我算不算是位很好的傾聽者，朋友總喜歡找我談他們內心的事。

錢是位成功的企業家，手下擁有好幾家公司。他的外表文質彬彬，有一種讀書人儒雅謙和的氣質，一點也不像刻板印象中商賈的模樣。

錢出身寒微，童年的他時時處在飢餓邊緣，他了解金錢的重要，下定決心將來要賺很多錢。高中一畢業就投入職場，他的聰明、機智、勤奮以及不錯的機運，不到三十歲就已經家財上億。財富，地位，加上美麗的妻子，一對聰明伶俐的兒女，所謂的五子登科，樣樣具備，眞箇是意氣風發，不可一世。

錢說，那時候的他，眼睛是長在頭頂上的，對人經常不假顏色、頤指氣使，氣焰之盛可想而知。

然而，就在三十歲這年，心愛的兒子病了。他請了最好的醫生，卻始終查不出原因。看見兒子一天天消瘦委靡，生命逐漸抽離，他卻無力挽救，心中彷彿有千萬把刀在切割，第一次感受到人的有限和無助。沒錯，金錢可以買到最好的醫療品質，卻買不到生命。

倒是兒子生病這段時間，許多親朋故舊紛紛探視，或表達關心與慰問之意，其中包括一些久已不再往來，或平日不屑往來的朋友。尚有一位教友甚至發動他教會的弟兄姊妹爲孩子禱告，讓他感受到從未有的溫情。

兒子走了之後，他的價值觀有了一百八十度的轉變，賺錢不再是他人生的唯一目標。他關心環保，熱心公益，也經常暗地支持許多弱勢團體，朋友提到他，都豎起大拇指。

時間已過去十多年，提起愛兒，仍不免潸然落淚。他告訴我，那是他心中的最痛。我輕輕說：「你知道嗎？那也是你身上的一根刺！」

他一時不明白我的話，於是，我對他說了一個聖經上的故事。

在耶穌所有的門徒中，保羅是非常特殊的一位，他不但有學問，有才幹，也有統御的能力，是當時衆教會的領袖。

可是保羅身上有一根刺。保羅在給哥林多教會的信上並沒有明說這根刺代表什麼。

許多解經家猜測，這根刺可能指的是保羅的眼疾，也可能是指保羅的牢獄之災。不論是什麼，以保羅靈命之剛強，信心之堅定，他以「刺」來形容，可見帶給他的痛苦有多麼深切，以至於三次求告主，叫這刺離開他。

不過上帝並未應允他，只告訴他「我的恩典是夠你用的」。上帝之允許這根刺留在保羅身上，目的是恐怕他過於自高自大。以保羅當時的地位、聲望，以及受信徒擁戴的程度，他是有資格虛榮驕傲的。上帝以一根「刺」提醒他，他既是神的僕人，就當柔和謙卑，成為衆人的榜樣和見證。

所以，保羅感謝他的「刺」，並且「以軟弱、凌辱、急難、逼迫、困苦為可喜樂的」。因為保羅知道，他什麼時候軟弱，什麼時候就可以靠主剛強了。

很多時候，我們身上也有這樣的一根「刺」，或許是身體上的疾病傷痛，或許是家庭的變故不幸，或許是感情上的挫折，事業上的打擊……「刺」很痛，刻骨椎心，可是只要我們接納它，並且學習保羅一樣感謝，打開我們的心，仔細聆聽內心深處最幽微的聲音，一定會聽到「刺」在告訴我們一些什麼。

每根「刺」都有一個故事……。

寶典22 面對死亡

I AM SO HAPPY！

前些時候，收看「名人三溫暖」，訪問的對象是藝人賴佩霞小姐，我和賴小姐也曾有過一面之緣。

大約在十一年前，伊甸基金會桃園分會成立，特別邀請她前來剪綵，回程時我們一路同車。賴小姐不僅歌唱得好，人亦十分健談。當時，她正值新婚燕爾，提起她和先生的初識、相戀，以及婚後生活種種趣聞，臉上滿是幸福的光彩，惹得同車幾位未婚小姐大表羨慕。

誰知不過短短幾年時光，就傳來她婚變的消息，世事無常，頗令人惋惜。

賴小姐是混血兒，從小長得像洋娃娃的她，經常爲這張不太一樣的面孔遭受玩伴的嘲弄和譏刺，加以父母仳離得早，童年過得相當黯淡，婚後決定好好維繫這段婚姻，給孩子一個完整的家，結果天不從人願，她重蹈母親之覆轍。

她承認，有很長一段時間，她都無法原諒前夫，每天陷在歇斯底里的情緒中，直到有一天，母親對她說：「你爲什麼不跳出來呢？」她才大夢初醒。

那天訪談中，賴小姐談到她母親，不但是位堅強的女性，而且非常有智慧。母親早年失婚，畢竟，異國聯姻不如外人想像那樣浪漫美好，文化與生活習俗上的差異造成相處的困難，感情的變質，異地生活的孤寂，加上獨自撫養子女，其間的辛苦與辛酸，她都一肩承擔，想來她能對女兒說出這樣的一句話，恐怕也是經歷了多少風雨煎熬之後的領悟吧！

老太太晚年罹患癌症，自知不起後，特別打電話給所有的朋友，其中有些久已失去聯絡，有些曾有心結不再來往的，甚至包括她的前夫——賴佩霞的父親，那個曾在她心上留下極深傷痕的男人。她對他說：

「謝謝你曾經給了我一段甜蜜美好的歲月！」

賴佩霞說：「母親不要帶著任何遺憾走！」

放下心中的恨，解開那些曾經捆綁的心結，這一生當眞是了無牽掛，來去如風。臨終前，老太太含笑的看著女兒，滿足地說：「I am so happy!」

罹患重病不治，或許大約可以揣摩出死亡的時間，但如果一向身體硬朗，沒有絲毫徵兆，你能未卜先知嗎？

新竹關西鎮有位一百零三歲的人瑞劉滿元老先生，年輕時就熱心公益，造橋鋪路，救災濟貧一向不落人後，曾先後擔任「保正」和鎮民代表，深受地方人士的推崇與敬重。

曾經訪問過他的《聯合報》記者彭芸芳小姐告訴我：「劉老先生在當地可說是一言九鼎，不論有了什麼紛爭，都是先找阿元公仲裁，阿元公總是公平合理、不偏不倚的幫大家排解……」

劉老先生從年輕時就勤於勞作，又無不良嗜好，因此身體一直很好，記憶力尤其驚人，據說地方上近百年來大大小小的事，他都一清二楚，別人都稱他是活字典。

雖然走過了一個世紀，五代同堂，但劉老先生依然頭腦清楚，精神抖擻，誰也沒有想到他「說走就走」。

一九九七年九月二十日下午，老先生突然感到呼吸有些不順，他教孫子劉利能準備紙筆，明白的寫下他將於次日早上辭世，要劉利能把所有兒孫一起召回。

接著，他換好衣褲，刮好鬍子，吃完晚餐，看到子孫陸陸續續趕回，就在紙上寫下家訓，叮嚀子孫多行善事，千萬不要做對不起別人的事，以免祖先蒙羞。

到了深夜，他開始交代後事，如何發訃文，通知宗親鄉友，同時也將土地權狀和存款簿放置處說明清楚，並把自己的身分證交給孫子，好讓他們辦理死亡證明。

次晨，等到全部兒孫到齊後，劉老先生突然站起身來，堅持兩腳踏在地上行中國傳統的「辭地禮」，恭謹而敬虔的向這片生他、養他、育他的大地辭行，致上感謝之意。

隨後，他安然的躺在床上，含笑而逝，一切正如他自己預計的。

能夠將自己的後事安排得如此妥妥當當，誠屬少見。或許你會說，劉老先生人生閱歷豐富，生老病苦，悲歡離合，在他皆如過眼雲煙，早已勘破。但一個年輕的女孩也能這麼輕易的面對死亡嗎？

無意中從一位教會的朋友那裡聽來的。女孩大概只有二十幾歲吧！正值花樣年華，錦般歲月，想必會有很多夢想等待完成，很多計畫等待實現，青春是這樣的好，好到可以任意揮灑，甚至揮霍。

生命如日當中，沒有一絲雲翳，突然之間，一聲霹靂，風雲遽變，她得了癌症，而且已經擴散，醫生認爲她最多只剩下三個月時間。

從天堂到地獄的路彷彿也沒有這麼快，就像所有初聞噩耗的人反應一樣，從懷疑到憤怒，從憤怒到最後意志被擊潰，陷入沮喪絕望中。

爲什麼？天地間最難回答的三個字。

她不明白，這是上帝的試煉嗎？還是上帝也被撒旦擊敗了？渾渾噩噩度過一天又一天，任何安慰與勸解對她都如一個荒唐諷刺的笑話。直到有一天，她看到一節《聖經》，保羅說：「論到睡了的人，我們不願弟兄們不知道，恐怕你們憂傷，像那些沒有指望的人一樣。我們若相信耶穌死而復活了，那已經在耶穌裡睡了的人，神也必將他與耶穌一同帶來。」

一霎時，她的淚如奔泉洶湧而出。原來，她就像那個沒有指望的人，如果眞如《聖經》上所形容的有一個新天新地等著她，在那裡，沒有哀號、痛苦和眼淚……如果，死亡就如睡了一樣，再張開眼就到了天父的懷裡，那麼，死亡有什麼可懼的呢？她只

不過早走一步而已。

她開始歡歡喜喜籌備自己的「追思禮拜」，設計邀請卡和程序單，請妥講員、詩班，擬好所有預備參與的親朋好友名單，最後，她錄下一段準備現場播放的錄音，見證上帝在她身上的改變，以及她對生命的認識。

聽說，那天參加追思禮拜的人極多，每個人都流下感動的眼淚。

在寫這三則小故事的時候，內心充滿難以言敘的撼動，彷彿有某種沉睡的東西被喚醒了，我們以往常過於禮讚生，而唾棄死，我們總以爲死亡是醜陋的、殘忍的、悲哀的，豈不知死亡也可以如此美好而莊嚴。沒有怨懟，只有感謝；沒有遺憾，只有歡喜。

在經歷了那些歡笑或眼淚，甜蜜或辛酸，種種磨難，心房的碎裂，長夜孤寂……我們跌跌撞撞、恓恓惶惶走過一生，面對生命大限，或不甘不捨，或厭煩唾棄，總有太多的人事瓜葛不清，牽扯不斷，又有幾人能夠豁達、瀟灑從容的「我輕輕的招手，作別西天的雲彩」？

回顧一生，不論這回顧有多少的不堪，既然這是必然的結局，無從逃避，也無人可以豁免，那麼，就放下勞頓的身心，放下一切的是非恩怨，只有感謝和讚美，懷念和祝福。

對生命敬虔的一鞠躬，謝謝天，謝謝地，謝謝所有曾與我們相伴偕行或交錯而過的朋友，那些愛過、戀過、恨過、怨過，人欠我或我欠人……因爲他們，豐富了我們的生命；謝謝上帝，讓我們走了這一遭；也謝謝自己，不虛此行。

在告別的剎那，但願我們也能心滿意足的說一句：「I am so happy!」

特　載

三年密約

小時的我，得天獨厚，長得漂亮、能言善道，是父母的寵兒、學校的風雲人物，幾乎所有的光環和掌聲都給我。我是太陽、是月亮，是天空最燦爛的那顆星星。一場莫名其妙的病，把我從天堂打入地獄。光環褪色、掌聲消失，換來一句句同情憐憫的話語：

「可惜了這樣一個漂亮的孩子……」

「這麼聰明，不生病的話，將來一定可以拿博士。老天眞不長眼睛……」

「小孩子太精靈了不好，會遭天忌……」

每句話都像一根釘子，釘在我的自尊心上。從小，我就心高氣傲，如此個性，怎能忍受別人的同情和憐憫？明知不是出於惡意，但這樣負面的話，對我無疑雪上加霜。

每天，我必須和自己的疾病對抗，眼睜睜地看著關節一個個發病，紅腫、疼痛，漸漸僵直變形。痛容易忍受，隨痛而來的是關節的周轉不靈。慢慢地，你發現手不能舉、腳無法踏地，連梳個頭、扣個衣鈕都困難重重。你不得不依賴別人，除了懊惱，還有深深的無力感與挫折感。

偏偏類風濕是出了名的難以捉摸，來如風去如影，時好時壞，時輕時重。你才慶幸病情好轉，緊接局勢逆轉，又把你推向沮喪的深谷，周而復始，不斷打擊你的意志力和忍耐度。

其實，最大的痛苦不是來自身體的病痛，而是心靈的迷惘。就像迷失在黑洞的太空梭，一片漆黑，你看不到一絲亮光，不知你的座標在哪裡，找不到行進的軌道。就那樣不著天不著地，漫無目的在太空漂浮，處在一種失重狀態中。

雖然我不是很喜歡上學，更痛恨沒天沒夜的補習，但至少有個目標可以奮鬥或抗拒。而現在，面對一個看不見的敵人，就像對空氣揮拳似的。尤令人不甘的是，我還沒參加比賽，就被無端取消資格，不知該向誰抗議。

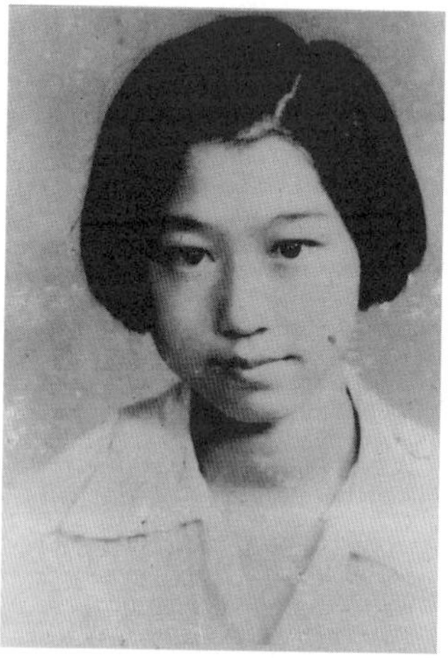

杏林子自小清秀可人，聰明機靈。時年十二歲，已發病，此為小學畢業照。（一九五四年）

過度要強，苦的是自己。我平日雖然愛哭、愛撒嬌，卻很少訴苦（何況也無苦可訴）；再說，看到父母憂煩，我也不忍訴苦，只有一個人晚上偷偷躲在被子裡飲泣。我忘記是誰說的，苦難使人成長，一場病提早催化我的生命。

病情隨著心情日漸加重，我完全癱瘓在床，內心的痛苦與掙扎，就像找不到宣洩出口的湖泊，逐漸淤塞發臭。我陷在深沉的孤獨中，彷彿獨自走在荒漠大野，筋疲力盡，舉步維艱，放眼望去，不知誰能了解我，誰能拉我一把？

除了流淚，終日無語，父母開始擔心。父親憂心忡忡地問：「乖，你有什麼心事，告訴爸爸好不好？」

我能說什麼呢？除了哭還是哭。生命如此沉重，豈是我弱小的肩膀所能馱負。我深深了解，活著比死需要更大的勇氣。我第一次想到死。

早在父母死心之前，我早已對自己的病不抱期望。與其自己受苦、拖累父母，不如早早解脫。但人終究是矛盾的，儘管絕望，仍願給自己最後一絲希望。於是，我跟自己悄悄定了一個三年契約。三年之內，倘若我的病不能痊癒，就用自己的手結束這個殘破不堪的生命。

日子緩慢如蝸牛，熬呀熬，好不容易熬滿三年，病情非但未曾改善，反而日趨嚴重，該是我履行契約的時候。死，還是不死？心中矛盾掙扎，隱隱有一絲不甘，倘若現在死去，以前吃的苦豈不都白費了？就在一念之間，我決定再給自己一次機會。續約三年，這一次可是吃了秤鉈鐵了心。

可想而知，三年後，病情未見改善，我也並未走上自戕之路。不是我毀約，而是我十六歲這年，發生一件事，改變我整個生命。

我和命運簽約一事，無人知曉，我戲稱「雅爾達密約」。

——特載之三篇文章原收錄於劉俠回憶錄《俠風長流》

（二〇〇四年二月・九歌出版社）

投稿甘苦談

書看多了，心有所感，不免有話想說。

從小，我就喜歡玩「文章接龍」遊戲。看過一部電影、一篇小說，或是聽過一齣廣播劇後，我會自動替作者繼續編織劇情，有如連續劇，一段接一段。當然，只存在我的腦海裡，並未訴諸文字，純粹是娛樂自己。「文章接龍」的好處是腦力激盪，豐富創作力。生病後，除了沉浸書海，「文章接龍」也幫助我打發不少寂寞時光。

函校老師主動將我的文章拿去報刊發表，對我鼓勵甚大，內心時而蠢蠢欲動，想要自己嘗試投稿。

既然想投稿，首要之務，取個筆名。那時我對自己還沒信心，用筆名可以遮醜一下。取筆名也是一大學問。要響亮，還得有意義，眞不容易。有的作家筆名取得眞好，寫「玻璃墊上」專欄的「何凡」先生，可以解爲何等平凡，也可解爲何嘗平凡，道盡讀書人自謙又自負的性格。

張繼高先生原爲報人，因爲喜歡音樂，不但寫樂評、主持廣播節目，甚至創辦遠東音樂社。他認爲這一切都是無心插柳的結果，就取個「吳心柳」的筆名。音義相諧，頗能和他瀟灑寫意的個性吻合。

我該取個什麼筆名呢？想出一大堆，都不滿意。其中有個「柳夏」，僅僅諧音而已，沒啥特別意義，勉強可用，我曾以這個筆名寫過幾篇文章。

大概是日有所思，有天半夜裡作夢，「杏林子」三個字突然跳出來。醒來之後，越發覺得這個筆名不錯。我的祖籍是陝西省扶風縣杏林鎭，我這一生又和醫生結下不解之緣，「杏林」兩字有雙重意義。「子」可當孩子解。北方人習慣在小孩的小名後加個「子」，如小狗子、二楞子。小時，父親一直喚我「老俠子」。另一方面，「子」也是對老師的尊稱，如孔子、孟子等。我哪裡敢跟他們比，不過是夫子自道也。後來查《辭海》，發現「杏」也是姓氏之一。

正因這個筆名奇特，許多編輯和讀者朋友一時不察，不免誤寫。於是「林杏子」、

「李林子」、「林李子」混淆不清。最絕的一次，旅居美國鳳凰城的妹妹，到一家中國人開的雜貨店購物。老闆看到她，興奮地叫著：

「啊！原來你就是那位杏仁子的妹妹！」

妹妹大笑不已，什麼時候我變成乾果類？

雙臂關節病變，手臂無力抬高，母親爲我鋸了一塊三十公分寬、五十公分長的三夾板，放在腿上，方便我書寫。這塊木板一直留到現在，儘管現在連執筆的能力都沒有，只當是個紀念。

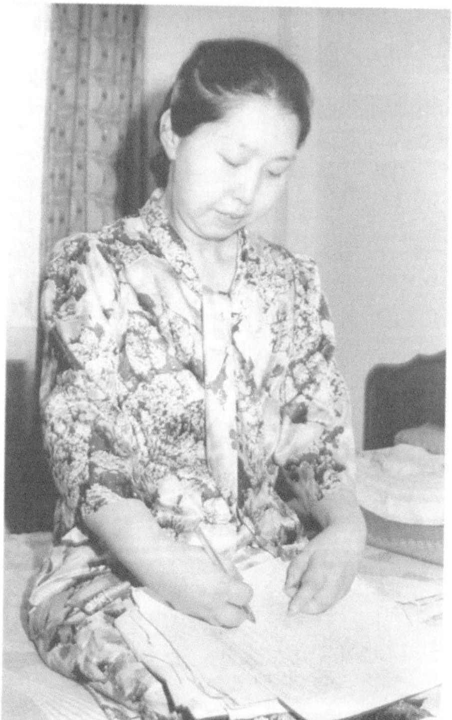

杏林子在板子上一筆一畫刻出感人的作品。

寫作本是光明正大的事，但不知爲何，初習寫作的人好像都怕人知道。總是偷偷摸摸寫，偷偷摸摸投寄，接下來，就是忐忑不安等著稿子發表或退回，那種日子頗爲煎熬，又期待又怕受傷害。

早期家中訂的是《中央日報》。中央副刊在主編孫如陵的經營下，不論編排、內容均爲各報之冠。文章能上中副，不僅是種肯定，更是光采。孫先生用稿快、退稿也快，五天不見報，你就等著收退稿信吧！

退稿對初習者，是件難爲情的事，尤其怕人笑話。每天只要聽到郵差的腳踏車在門口煞車，接著信箱蓋子「啪噠」一聲，你的心立刻懸在半空，簡直比法官宣判還要緊張。後來，乾脆在稿末注明「如不合用，不必退還」幾個大字。編輯老爺不免會心一笑，又是一隻菜鳥。

我不是天才型作家，先天條件不夠，退稿可說家常便飯。有時明明覺得寫得還不錯，不知何以得不到編輯老爺青睞，心中的沮喪、懊惱、懷疑、不滿兼而有之。好在寫作也會上癮。有時灰心到極點，發誓再也不寫這勞什子；不要多久，心癢手癢，又在那裡孜孜矻矻爬起方格子來。

退稿退出經驗，多少摸出一點門道，有時並非稿子寫得不好，而是上錯報紙投錯

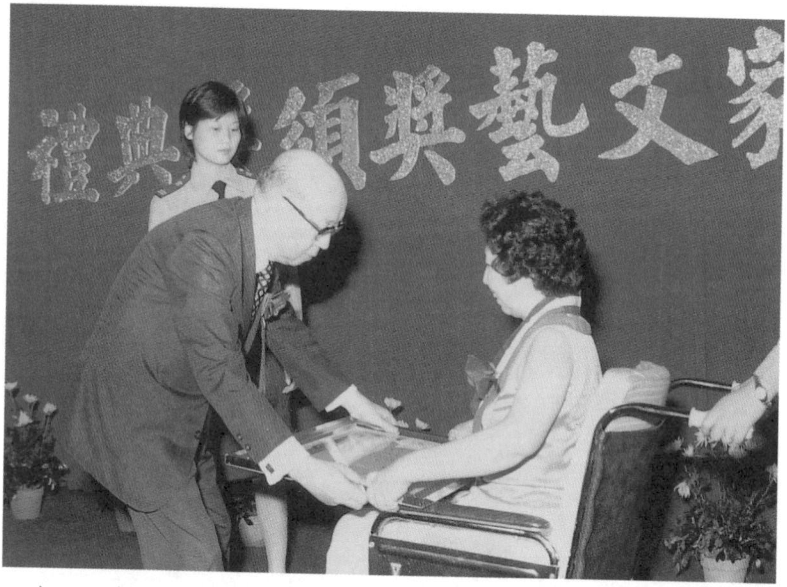

一九八三年杏林子以散文集《另一種愛情》獲第八屆國家文藝獎，頒獎人是當時的嚴總統家淦先生。

稿。此話怎說？

每位編輯審稿，固然力求客觀、公正，但不同的版性、經營理念，往往影響他取稿的方向。作者要能針對各家副刊不同的風格投稿，見報的機率相對增加。一般來說，短稿較容易上，編輯老爺可以靈活運用，調整版面。長篇大論除非上上之選，上的機率不大，掌握字數也是作者須知。

以當時的中副爲例，版面設計除右上方有一固定專欄外，左右各有兩個大小不一的邊欄，中央剩下的部位，大約可放三到五千字。投稿有如打仗，知己知彼，攻無不克。

看到別人寫的好文章，誦讀再三，欽羨之餘，也不免懊惱，爲什麼自己寫不出來。往往一個意境或是感動，你心裡明白，就是找不到適切的文字表達，這時才眞正體會「書到用時方恨少」。爲了增加寫作的詞彙，有段時間，我每天背一首古詩詞。記性不佳的我，把詩詞抄在小紙片上，放在手邊，隨時可背。只是背著背著，發現實在背不下去，不是因爲記性，而是詩詞的內容。

我們這些古人，多得是不合時宜、感嘆身世飄零之輩，只好寄情山水、兒女之情。下筆不是傷春，就是悲秋，眞箇是「淒淒慘慘戚戚」。一會兒「唯恐雙溪蚱蜢舟，載不動許多愁」，一會兒又是「冠蓋滿京華，斯人獨憔悴」、「感時花濺淚，恨別鳥驚心」……。句子美則美矣，只是太過陰晦消沉。我一個十幾歲的孩子，每天要跟自己的病打仗，唯恐被惡劣沮喪的情緒打敗，哪裡還有力氣對抗這些煩愁苦悶？

等到我有足夠的能力超越苦難，不受他人情緒影響時，記憶力已大不如前，即使想背，也背不周全。我修辭學下的功夫不夠，寫的東西過於淺白，其來有自。

寫作最大的樂趣，除了銀子滾滾而來，莫過於得到讀者的共鳴與迴響。讀到他們信中對你的讚美，陳述他們從書中得到的啓發和幫助，與你分享心得。一時之間，眞讓人有「生我者父母，知我者，讀者也」的心情。那種陶陶然的感覺，妙不可言。

讀者的來信，除非生病住院，我幾乎每信必回，特別是來自小讀者。我的文章曾選入台灣、香港、新加坡的中、小學課文，小讀者的來信特別多，經常整班的學生，人手一封，放在一個大封套寄過來。讀小朋友的來信趣味多多，看到他們稚嫩的筆跡、天真的話語，常不免會心一笑。有位小朋友就用感嘆的語氣說「我眞替國家惋惜你這樣一個人才」，最後祝我「精神不死」。

「十大」得獎

一九八〇年三月，我獲得第八屆十大傑出女青年獎。

這次得獎有點意外，又好像意料之中。作家楓紅是第三屆女傑得獎人，每位得獎人都有資格推薦參選人。第七屆選拔時，她想到我。我們家除父親之外，似乎無人看重這類事，母親尤其討厭我們沒事炫耀，亂出風頭，加以弟弟妹妹一聽，譁然起鬨：

「我看你去競選十大傑出女病人比較合適！」

我自己原就不很熱中，總覺得一個文字工作者應該在文學上受肯定，又被弟妹揶揄，越發覺得難爲情。儘管朋友將我的推薦函送出去，我卻執意不肯附上資料，這件事就不了了之。後來父親知道，對我們的輕忽頗有微言。

沒想到兩年後，第八屆十大女傑開始選拔時，選委會突然來函通知，上屆我雖未補送資料，但仍保留我的參選資格，希望我盡速將資料補齊。從來只聽說被推薦的人選甚多，每每有遺珠之憾，怎麼可能還爲你保留。因這封信，我開始正視此事，難道是上帝的意思嗎？想我一病多年，從來只有拖累父母，若能得獎，對他們也是種安慰吧！好歹沒白養我一場。

當時手中有四、五十個劇本，加上兩本散文著作。我和妹妹把所有作品整理出來，按照父親的指示編好索引，整整裝了一大紙箱。父親杞人憂天，唯恐郵遞失誤，親自抱到選委會。

三月初一個晚上，不知什麼原因，我的關節大痛，所有的止痛藥都壓制不住。痛得滿身大汗，躺也不是，坐也不是，不知怎麼辦才好。正在此時，電話鈴響，是選委會一位先生打過來的。

「劉小姐，恭喜你當選第八屆十大傑出女青年！」

我只簡短說句「謝謝」，就痛得再也說不出話來。

或許是痛抓住我所有的知覺，竟然感受不到絲毫的喜悅和驕傲，唯一的念頭是：

一九八〇年，蔣故總統經國先生親自接見當屆十大傑出女青年，由於杏林子是與會中唯一坐輪椅者，經國先生特地過來推她，並親自夾點心給她，態度親和。

「上帝啊！我願意用全世界的榮譽交換，只要讓我的關節不痛！」

那一刻，我深深體會，在死亡與病痛之前，所有的榮譽、金錢、權勢、地位都不堪一擊，沒有什麼能取代生命本身。

倒是一向冷靜理性的母親，環住我的肩膀，哽咽地說：「孩子，這是你用痛苦換來的榮譽！」

父親的表現則可用「歡喜若狂」形容。頒獎典禮隔天，他一大清早跑去買報，對報販說：「你把所有的報紙，每種都給我一份！」

父親把我得獎的照片，壓在辦公桌的玻璃板下，逢人便介紹我的「奮鬥史」。出門去郵局寄信、到小店買東西、上醫院看病……只要逮到機會，他都會跟人家吹噓我。回到家，他又會興奮地說：「今天去辦事，櫃檯小姐說，你女兒好了不起喲！」

母親不解。「人家怎麼知道你女兒是誰？」

父親只笑不語。這種把戲玩久了，我們心知肚明。母親有時也會提醒他：「不要把你女兒吹捧得太過分！」

父親也總是瞪大眼睛不服氣地說：「我女兒本來就了不起嘛，大家都這樣說啊！」

正面的讚賞肯定固然不少，卻也冒出一些負面的話語。有位作家朋友平日極熱，總是親熱地「俠妹長俠妹短」。得獎沒多久，她打電話來恭喜我，忽然話鋒一轉，冒出一句：「人家都說這年頭流行殘障熱！」隔兩天，她又寄封信來，信上說：「你要把你那座金鳳獎藏好，小心別讓小偷當成純金的偷去！」

寫作的人自然了解人性的弱點，文友這種酸溜溜的話並未介意。倒是惹惱平日很少動氣的母親，不滿地說：「別人可以把這座獎當成廢銅爛鐵，但在我做母親的眼裡，比什麼黃金都寶貴！」

我安慰她說：「媽，沒關係，你給我五年時間，我再給你拿座獎！」結果不到三年，承諾兌現。

作爲基督徒，遇到任何事，好或不好，我都習慣問上帝。「祢爲什麼要讓我得這座獎，莫非有什麼特別的旨意？」

一段經文很清楚地浮現腦海，那是末底改對以斯帖說的話：焉知你得了王后的位分，不是為現今的機會嗎？

這句話出自《聖經‧舊約‧以斯帖記》。以斯帖是個猶太女子，被選入宮，做了亞哈隨魯王的皇后。有一年，王聽了讒言，要殺境內所有猶太人，以斯帖的叔叔末底改要以斯帖向王求情，拯救同胞。以斯帖膽怯不敢，末底改說了這句話。

無可否認，身爲殘障者，我比一般人更了解殘障朋友的困難和處境，長久以來，殘障一直被視爲「次等人」。一般人對殘障者的刻板印象，他們很自卑、退縮、可憐，需要別人同情、濟助。尤有甚者，保守的傳統觀念，往往認定殘障者是遭受天譴，這使得殘障者在社會幾乎抬不起頭，許多父母引以爲恥。

殘障者在外界的排斥與歧視下，往往更加退縮，甚至自暴自棄，這又形成社會對他們的負面印象，變成一種惡性循環。沒有人想到他們的福利，更沒有人重視他們的權利。

許多人對殘障者的認知更是偏差得離譜。有一所盲人教養院，爲增加收入，訓練盲人養乳羊，希望借助羊乳的生產彌補經費的不足。可是他們生產的羊乳始終銷不出去，因爲居民傳說，喝了盲人養的羊乳，眼睛會瞎掉。

其實，對殘障朋友而言，最大的打擊與傷害，不是來自自身的不幸，而是他人對殘障者的態度。

一九七一年秋，建國六十週年，政府爲展現遷台後的經濟成果，特地在敦化北路（長庚醫院現址）舉辦經濟特展。我興致勃勃，央求父親與弟弟陪我前往。

那天參觀的人極多，長龍排到南京東路口，我們隨著人群慢慢往前挪動，沒想到了門口，警衛看到坐在輪椅上的我，竟然拒絕我入內。父親當場和他們吵起來，最後，總算出來一位負責人，他陪著笑臉說：

「對不起，因爲正好有重要人物參觀，你們這樣進去不好看！」

這是什麼話？父親更爲光火，那位負責人眼看無法收場，就說：「這樣好了，我們晚上十點結束，你們九點半來，我可以安排一下。」

父親不同意，我拉住他說：「算了，我不看了。」

弟弟責備我：「人家不是答應你晚上再去嗎？」

我生氣地說：「我又不是小老鼠，爲什麼要偷偷摸摸去？」

那一刻，我沒有憤怒，只有被屈辱的感覺，一種深沉的悲哀。我知道，他阻擋的不是我這個人，而是「殘障者」。我無法獨身於其他殘障者之外，命運注定我們是同一國人，生命共同體。

據聯合國衛生組織統計，一個國家的殘障人口，約在百分之五到百分之十。以當時台灣近兩千萬人口，最保守估計也有一百萬殘障者。他們都是我的兄弟，我的骨肉之親。

因此，當神的呼召臨到我時，我知道，那是我無可逃避的責任與使命。

杏林子作品集 1

美麗人生的22種寶典

22 Key To Beautiful Life

著者	杏林子
繪者	閒雲野鶴
責任編輯	陳慧玲
發行人	蔡文甫
出版發行	九歌出版社有限公司
	臺北市105八德路3段12巷57弄40號
	電話／02-25776564・傳真／02-25789205
	郵政劃撥／0112295-1
九歌文學網	www.chiuko.com.tw
印刷	晨捷印製股份有限公司
法律顧問	龍躍天律師・蕭雄淋律師・董安丹律師
初版	2000（民國89）年12月10日
重排增訂初版	2006（民國95）年10月10日
增訂初版6印	2014（民國103）年11月
定價	230元

書號	0110301
ISBN	957-444-347-7

（缺頁、破損或裝訂錯誤，請寄回本公司更換）

國家圖書館出版品預行編目資料

美麗人生的 22 種寶典 / 杏林子著. --重排增訂初版.
--臺北市：九歌， 民 95
面； 公分. -- （杏林作品集①）

ISBN 957-444-347-7(平裝)

1. 修身 2. 青少年

192.13 95016951